乌石塘的孩子

谭旭东◎著

黑龙江少年儿童出版社

图书在版编目（ＣＩＰ）数据

乌石塘的孩子 / 谭旭东著. -- 哈尔滨：黑龙江少
年儿童出版社，2017.4（2023.1 重印）
（名家伴你成长阅读书系. 第二季）
ISBN 978-7-5319-4954-1

Ⅰ．①乌… Ⅱ．①谭… Ⅲ．①散文集－中国－当代
Ⅳ．①I267

中国版本图书馆CIP数据核字(2017)第078156号

名家伴你成长阅读书系 第二季

乌石塘的孩子
Wushitang de Haizi　　　　谭旭东　著

出 版 人：张　磊
统筹策划：李春琦
责任编辑：李春琦
美术编辑：高　彦
黑白插图：高雪竹
彩色插图：刘　芳
封面绘画：一超惊人
封面设计：谢宏勤
内文制作：文思天纵
责任印制：李　妍　王　刚
出版发行：黑龙江少年儿童出版社
　　　　　（黑龙江省哈尔滨市南岗区宣庆小区8号楼 150090）
网　　址：www.1sbook.com.cn
经　　销：全国新华书店
印　　装：北京一鑫印务有限责任公司
开　　本：787mm×980mm　1/16
印　　张：9.75
书　　号：ISBN 978-7-5319-4954-1
版　　次：2017年4月第1版
印　　次：2023年1月第3次印刷
定　　价：39.00元

目 录

想念我的小学 / 1

那座老房子 / 6

童年的图画 / 11

那盏煤油灯 / 15

种菜的日子 / 17

种树的日子 / 22

乡村的炊烟 / 25

童年的梦想 / 28

赶春分的日子 / 33

琢鸡婆 / 37

感谢父亲 / 40

怀念母亲 / 48

梦见母亲 / 56

外婆 / 60

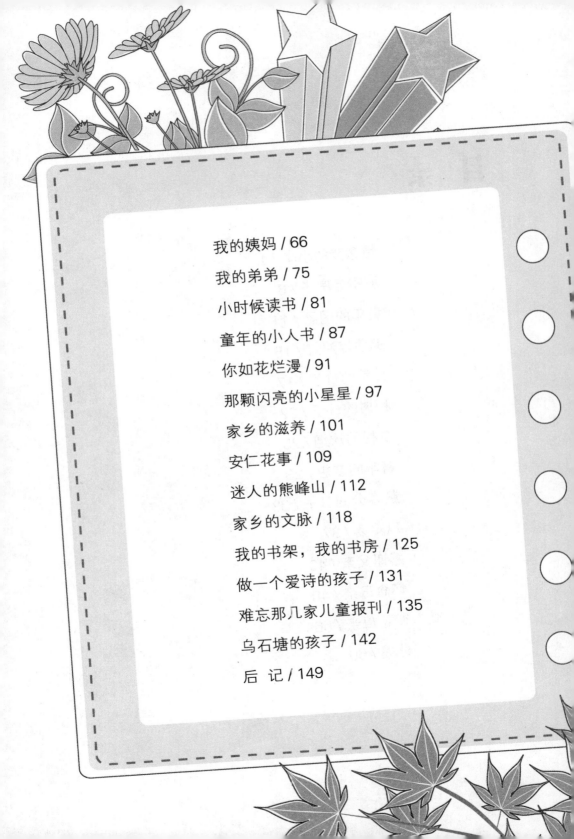

我的姨妈 / 66

我的弟弟 / 75

小时候读书 / 81

童年的小人书 / 87

你如花烂漫 / 91

那颗闪亮的小星星 / 97

家乡的滋养 / 101

安仁花事 / 109

迷人的熊峰山 / 112

家乡的文脉 / 118

我的书架，我的书房 / 125

做一个爱诗的孩子 / 131

难忘那几家儿童报刊 / 135

乌石塘的孩子 / 142

后 记 / 149

想念我的小学

　　有一次去一所小学做活动，一位小朋友问我上的是哪所小学，这使我想起了自己的小学——朴塘小学。

　　我的老家在湖南南部的一个小山村里，那里几乎四面是山，村子中间是成片的水稻田，而朴塘小学就坐落在水稻田的中央。

　　据说，小学原来是一座破庙，好像是搞"破四旧"运动时，和尚被赶走了。后来，不知道是谁的决定，这座破庙就成了我们的小学。它是一个四合院，四排房子，按照东南西北的方向围起来，呈四方形。房子的中间是一片长方形的空地，就是我们的操场。学校条件之简陋，现在的孩子们是无法想象的。每一间教室的门都没有门扇，窗子都是空的，没有窗格子，更没有玻璃。冬天，刮冷风了，我们个个冻得流鼻涕，脚底下冷了，大家就跺着脚取暖。春天和夏天，进入雨季，外面哗啦啦下雨，里面就会淌水，有的孩子怕水泡坏了鞋子，干脆打赤脚。教室里也没有课桌，老师让我们从家里背来一些砖块和松木板，他架成一排排的课桌。我们坐的凳子，都是从自己家里带的。班上有的同学家里没有小凳子，就抱一个木墩子来。我的爸爸会做木匠活儿，因此我带的就是小凳子。黑板就是在墙壁上抹上水泥，然后用黑色油漆刷一下，就变成了一块"黑板"。油漆刷过的墙面容易反光，所以坐在边上的同学，看"黑板"上的字很费劲。

学校里总共只有五位老师，给我们上课的老师都是民办教师，都没有受过高等教育，他们是从村里的小学或乡里的初中毕业的，不会讲普通话，也不会讲课文，但他们都很质朴、老实，尽全力做好自己的事情。记得每次上语文课，基本上就是抄写课文和字词，哪有什么教学法，更没有现代教具。村里的大人们对学校和老师的要求也很低，只要能教我们认几个字、读几本书，家长们就很满意了。每次开学，家长送自家孩子来报名，差不多都会客客气气地对老师说："老师，我们没文化，孩子交给你们了，要打要骂由你们！"所以课堂上老师拿着教鞭，打打不听话的调皮学生，是很正常的，没有谁会觉得不对。村里的孩子都出身于农民家庭，父母没有读过书，谈不上有文化，对孩子除了给吃的穿的，没有什么情感和心灵交流。孩子们都是在粗糙的环境下长大的，进了学校，自然没有什么好习惯，大部分上课坐不住，难以进入学习状态，所以一到考试，吃"大鸭蛋"的不少。学区里一有统考，老师脸上就挂不住，排名肯定靠后，但老师们除了用教鞭敲打几下，一点办法也没有。

我还记得，小学的同学一半以上都有流鼻涕的习惯。一年

四季，不论春夏秋冬，鼻子下面总挂着两串或白或黑的鼻涕。上课的时候，老师在前面讲课，底下的学生都在唏啦唏啦地抽着鼻涕，可以说，鼻涕声此起彼伏。我小时候爱干净，穿的衣服还比较保暖，虽然旧，但妈妈总是洗得干干净净的。所以我从来不流鼻涕，老师很喜欢我，还多次夸我干净利索，一看就是有出息的样子。那时候我个子矮，总坐在第一排，所以不太受那些爱讲笑话、爱做小动作、淘气同学的干扰，学习成绩自然很好。老师总觉得是我上课听讲认真，从他那里学到了真知识。说实话，那时候我胆子小，不敢吵闹，不敢做小动作，其实，我也不太认真听课。老师讲的课本知识很简单，对我来说，没有什么营养。家里有些藏书，三年级时，我就能读懂四大名著，而且还读了其他一些中外名著，也读了不少少儿报刊，算是语言启蒙早的，有村里其他孩子不一样的理解力，考试自然不差。

　　小学时，我经历过不少有趣的事，至今还记得。比如说，学校每年都要举行文艺汇演，我在文艺汇演里表演过舞蹈，还作为优秀学生代表发过言。我们这个班里，第一个被评上三好学生的就是我，我还第一个在学区竞赛里为学校赢得了第一名。有一次作文比赛，我获得第一名，还得了一本《新华字典》。别小看一本《新华字典》，对一个山村孩子来说，是非常珍贵的奖品。还有一次，村里要搞一个汇演，学校里排练了几个节目。我被老师选中和一个女同学跳双人舞《草原儿女》。在正式表演时，我裤子的松紧带断了，裤子一下子掉到了脚跟，小鸡鸡都曝光了。当时，围着台子观看汇演的村民和学生有上千人，他们都哈哈大笑，我羞得直哭。但老师让我系上裤带，继续跳。我竟然咬着牙，坚持跳完了这个双人舞。长大了，我读了大学，也成了大学老师，有一次回老家，村里有个老婶婶见到我，还笑着说："小时候你跳舞，小鸡鸡都露出来了。那时候你就比别的孩子机灵，我就知道你是个有出息的孩子。"在旁的几位老叔叔老婶婶听了，都笑得东倒西歪，合不拢嘴呢。老婶婶是看着我长大的，她说的话很亲切，但的确让我有些尴尬。

现在，山村有了很大变化。因为计划生育，村里的孩子越来越少，小学被合并取消了。村里的孩子要上学，只能到十多里以外的中心小学去，或者有的父母干脆在县城里买房，送孩子到县城里上学了。水稻田中央的朴塘小学，已经被村里用作烤烟房，显得更加破旧了。

每次回到老家，我总要到小学旧址——那个老旧四合院去看看，朴塘小学没有了，我为乡村的凋敝而伤感。说不准有一天，朴塘小学的旧址会被拆掉，那就真的失去了那份童年的记忆。

那座老房子

一直很怀念在老房子生活的日子，可惜老房子早就拆掉了。

说起家里的老房子，还有一些历史掌故。父亲小时候，被过继给了他的叔叔。那时候，父亲的叔叔，也就是我的叔辈爷爷很穷，在广东做生意做得很失败，没有结婚成家，而爷爷有五个儿子，家里也穷得养不起这么多孩子，于是，排行老三的父亲就被过继给了他的叔叔。

父亲的叔叔其实几乎没有抚养过我父亲，据说他长年在广东挑盐，好像病死在了韶关，连我母亲都没见过他。父亲没了继父，只好又回到了爷爷家，和他的兄弟在一起。父亲的伯父伯母也因为贫病早逝，他唯一的儿子，也就是我的堂叔梅发，就由我爷爷收养了，所以，父亲兄弟就变成了六人。在这样一个大家庭里生活，免不了会产生一些矛盾，尤其是妯娌之间，多少会有一些摩擦和隔阂。我记得小时候，爷爷虽然年纪大了，但他总是会带着伯伯和叔叔家的孩子。而我和两个弟弟，他几乎没有管过，多亏外公外婆和我们同村而且离得很近，所以小时候我和弟弟主要由外公外婆照看。爷爷去世的时候，别的孙子哭了，我竟然不会哭，因为一点儿也不觉得伤心。现在想起来，爷爷并没有错，这么多的儿子，这么多的孙子，哪有精力顾得过来呀。何况我的外公外婆住在同村，由外公外婆照看，比他细心多了，他当然可以少操心了。

说了这么多，回头再说老房子。它不是爷爷给我父亲的财产。过去，农村里家家户户都有这么一个习俗——儿子大了，娶了媳妇，就得分两间房子给儿子和儿媳妇，让他们独立过日子。但爷爷没有那么多的房子供六个儿子分，就把父亲的继父，也就是他弟弟的房子拿来分了，我们家就分了两间，这就是我们家的老房子。

我在老房子里住到了上大学，直到新房子完全盖好，老房子才被拆掉。

以前，农村里的大院子是前后三栋的。我家所在的乌石塘这个小村子，其实就是一连排的大房子。我家的老房子是最西头的一个大院子里第二栋的边屋，因为很大，被隔成了两间，后来不够用，就把紧挨着的边厅隔出一部分，做了厨房。老房子的两间屋子都是东西朝向的，两边都有窗户，因此通风透气很好。老房子是砖瓦结构的，上了楼梯，就可以到二楼。二楼是木板做的，很牢固，可以放很多东西，主要是储存粮食和猪牛的各种饲料。厨房和今天的厨房大不一样，是用泥砖砌的灶台，有两个火膛，可以同时在两个锅里煮饭、做菜和煮猪食。

　　我六岁时，妈妈就安排我早上烧饭，还要煮猪食。因为我个子矮，刚好够着灶台，所以很多次揭锅盖时，都是站在小凳子上完成的。有一次，要喂猪，我拿起一把大木勺从煮猪食的锅里把猪食舀出来，一不小心，烫伤了自己的脚，结果皮肤发炎、溃烂，好久才愈合。还有一次，我拎着一桶滚烫的猪食，跨过门槛，结果被一块砖绊倒，猪食洒了一地，我也全身沾满了猪食，幸运的是，没烫伤。总之，在童年的记忆里有很多小小的挫折和忧伤。

　　住老房子时，还有一件事，至今无法忘怀。我们家的邻居是和父亲同辈份的族伯，他总为一点儿小事骂骂咧咧，有时候说我们家占了他家的地方，有时候说我们家住的原本就是他家的，还说我们家盖新房子的地也是他家的。听说他土改时在村里当过贫协主席，人很霸道，总喜欢和村里人吵架，人缘不太好。小时候不懂事，也不管他的年纪都足以做我的爷爷，每次他"找碴儿"时，我和两个弟弟都和他吵，甚至狠狠地骂他，一点也不怕他。也正是因为有这样的邻居，小时候我特别渴望能住上独立的大房子，特别希望家里也盖上大楼。父亲和母亲也有同样的愿望。当然，几乎所有农村人都怀着造屋梦，尤其是生了儿子的，都要盖房子给儿子娶媳妇。

初中时，我们家的造屋梦开始实现了。父亲由公办代课教师转为公办教师，每个月有一份工资。母亲开了一个小商店，一年能挣几千元。在三十年前，这是很了不起的收入，连大多数城里人都不敢想象的。新房子就盖在老房子的正西边，中间隔着一条小沟，前后两栋，一共有九间大屋，两个堂屋，还有一个厨房，一个天井，一个压水井。新房子有两层，由水泥和砖块砌的台阶直接从天井到二楼。有了这么宽敞的房子，老房子就没有人住了。没多久，父亲说雨水多，老房子没人住，很容易坍塌。他和母亲一商议，就把老房子拆掉了。

老房子拆掉时，我在外面读大学，父亲也没留下什么东西。如果我在家，我一定会留下家里的石磨。小时候磨过豆腐的石磨，还有几个旧樟木柜子，都是很好的物件，但父亲都把它们丢弃了。多亏大弟有心，他把小时候我们睡过的雕花宁式床（宁式床，又名"拔步床""千工床"，主要产地在宁波，故称"宁式床"，是甬式家具中最考究的一种。宁式床采用优质木材，卯榫结构制成，造型别致，做工精美，工序繁复，是旧时身份、地位和财富的象征）留了下来，因此带有老房子记忆的东西只有一点点了。

现在回老家，老房子的旧址变成了荒地。原来的新房子因为没人住也变成了老房子，屋前屋后长满了杂草，橘子成熟了都没人摘。小弟在佛山买了房子，我在北京也买了几套房子，住进了别墅。大弟在家行医，住的也是自己盖的三层楼，带小院子，装修得也很好，算是乡村别墅吧。

去年，我回了一趟老家，还去老房子旧址看了一下，想起了因病去世的母亲，心里有些酸楚。老房子没了，意味着家里的生活条件好了，按说应该高兴啊。但母亲去世了，即使住上了别墅，家里也少了一个精神支柱。

童年的图画

　　小时候，生活在山村，老家屋后就是一座山，爸爸说它的名字叫峦山。山上长满了马尾松，还有香樟树和油茶树等上百种南方的植物。

　　屋后的山是我们孩子的乐园。村里离山比较近的几个生产小组的孩子们都喜欢到山上玩，打仗、捉迷藏、捉小鸟，玩各种各样的游戏。我们常常一放学，就跑到山上去，玩到很晚，直到爸爸妈妈喊我们回家吃饭，才恋恋不舍地回家。

　　记得春天和初夏，雨水来了，山里的树木会一下子变得郁郁葱葱，山茶花、栀子花、杜鹃花和蔷薇花等一片一片开放，漫山遍野充满着生机与活力。春分时节，一场春雨，马尾松林里就会长出很多蘑菇；清明节的时候，雨过天晴，竹笋也会一支支从地底下冒出来。我们拎着小篮子，只要到山上待上半小时到一小时，就可以有满篮的收获。

　　小时候，我最爱画画。那时候，学校里没有师资条件，没有美术老师，但大自然就是最好的老师，屋前的水稻田和屋后的峦山就是我身边的老师。它们教我辨别各种植物、辨识丰富的颜色、欣赏美丽的图画，也启发我绘出心中的美景。我到十里路外的镇上文具店里，用爸爸妈妈给我的一点零花钱，买来白纸、彩笔、画架……我站在屋后画，我站在峦山里画，画山里的树，画山里的花，画山里的草，画山里的蘑菇，画山里的小鸟，画山里的溪水……我画呀画，屋后的峦山渐渐地画在了我的心里。

长大了，当我离开家乡，住在城市里时，虽然我没有成为画家，但我的心里，我的文字里，还有一幅幅美丽的童年的图画——那是家乡的山村，那是屋后的那座四季青葱的峦山。

那盏煤油灯

上小学的时候，村里没有电灯，晚上要点煤油灯。

记得那时候，我特爱看小人书。晚上，在煤油灯底下我入神地看，等到小人书读完，鼻孔里都被煤烟熏黑了。但我丝毫不觉得难受，也感觉不到煤烟的刺鼻，只是沉浸在书香里，仿佛小人书就是一切。

读中学时，学校里已经有了电灯，但晚自习经常会停电，因此，我们读书、写作业，很多时候也是在煤油灯下。那时，我们每一个学生都要准备一盏煤油灯，放在教室后面的架子上，停电了，就各自将其端到课桌上点亮，然后读书、自习……煤油灯一直陪伴我到高中毕业。

煤油灯很简单，供销社里就有卖的，但村子里的孩子一般用的都是自己做的。有的是用一个墨水瓶做的，有的是用废弃的玻璃瓶做的，即在空瓶子里灌上煤油，再盖上铁盖子。当然，盖子上要戳一个孔，用一个小布条或一根细棉绳穿进去，其大部分被瓶子里的煤油泡着，我们点亮它露出瓶盖的那个小头，就是一盏亮亮的煤油灯。在没有电灯的时代，农村里，几乎家家户户都用煤油灯。人们在煤油灯下唠家常，在煤油灯下缝补衣服，在煤油灯下炖汤，在煤油灯下给孩子洗澡，在煤油灯下准备年夜饭……煤油灯点亮了山村的夜晚，也点亮了孩子们的梦。

　　小时候，在煤油灯下，我常常想：什么时候能用上电灯呢？什么时候能过上城里人的生活呢？做"赤脚医生"的妈妈知道我的想法，就对我说："孩子，好好读书吧。不然，你只能永远在山村里生活。"妈妈的话，我记在心里。我知道，对一个普通的农村孩子来说，只有努力读书，才能改变自己的命运。

　　后来，村里安装了电灯，家家户户不再用煤油灯了。我家也盖了新房子，老屋拆了，煤油灯也不见了，但我一直记得小时候点过的那一盏盏煤油灯。

　　煤油灯，照亮了我的童年，点亮了一个山村孩子的梦想与希望。

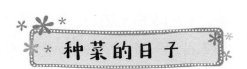

种菜的日子

童年的生活有很多细节、很多体验，一辈子都令人难以忘记。生活在乡村，日子过得虽然清苦，与今天的孩子的生活，尤其是与城里孩子的生活相差悬殊，但那种童年的快乐，尤其是劳动的收获，很难用语言描述，也是城里孩子无法体验、难以想象的。

俗话说，穷人的孩子早当家。生活在乡村里的孩子，几乎都对这句话有深深的感受。我大概只有五六岁，就已经开始帮家里干活了。那时候我还没上小学，乡村里也没有幼儿园，每天早晨我一起来就要帮助妈妈去地里摘菜，有时候洗菜、烧饭，有时候还要跟着姐姐去野地里打猪草。妈妈一大早要出工，爸爸要出去砍柴或者到地里干两个小时的农活，然后喝一大碗红薯粥，再去学校上班。家里养了两头猪，如果姐姐早晨起来打猪草，我就得待在家里烧火煮饭，还要照看两个弟弟。

后来年龄大了一点，有八九岁了，妈妈又经常带着我到自留地里种菜、浇水、施肥。在我的记忆里，我们家的四个孩子中，妈妈最喜欢带我去园子里种菜。那时候，过的是大集体生

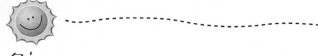

活，整个生产队一起种地一起劳动，到了年底，根据每个劳动力的工分来分粮食。我们家是半边户，爸爸是公办代课教师，工资非常微薄，根本养活不了四个孩子，因此全靠妈妈在生产队一人干两人的活，来维持这个大家庭的生活。粮食不够，妈妈就充分利用自留地，精心地把地里的果树种好，菜种好，瓜育好，四个小孩子的肚皮也就能够勉强喂饱了。我家的自留地有好几块，一块是屋前的小片空地，妈妈用篱笆把地块围了起来，种点葱蒜、小青菜和苦瓜、丝瓜之类；一块是离家有一里多地的水塘边的一大块自留地，那里可以栽几棵橘子树，还可以种各种瓜果、蔬菜，一年四季都够吃。妈妈一般是在集体劳动归家后或者农闲之时，才能侍弄自留地里的瓜菜。

妈妈说我心细，而且听话，所以每次去菜地，都会带着我。一般春天时，妈妈总带我去菜地拔草。南方雨水充足，春分前后，整天都是瓢泼大雨，加上气温回升，地里的杂草疯长，所以得常去菜地拔草。不然的话，杂草长过了青菜的秧苗，夏天就没有蔬菜吃了。还有西瓜、南瓜、冬瓜、丝瓜和苦瓜等的藤苗，如果不除掉它们根下的杂草，肥料就白施了，瓜藤都会发黄，更谈不上开花结果。但清除杂草并不是一件很简单的活，雨水浸泡过的土，很松软，拔草时用力不能太大，一不小心就会连着菜苗一起拔掉。另外，在西瓜地里拔草，不小心还会把西瓜藤扯断，这样一来，不但会延误西瓜的生长，还可能把整个西瓜秧给伤了。而且刚刚学除草时还要注意分辨哪一根是草秆儿，哪一根是菜茎，不然，就会把菜茎错当杂草拔掉了。有好几次，我和妈妈在菜地里拔草时，粗心的小弟弟也来凑热闹，结果把菜苗拔掉不少，当然他屁股上少不了挨妈妈的胖揍。

　　给菜苗浇水、施肥也是很讲究的。如果是炎热的夏天，经过了一天的曝晒，甚至是连续几天的烈日烧烤后，菜地里一般都非常干燥，浇水量要大一些，而且肥水要稀，不能太浓；太浓了，肥力重，会把菜给烧死的。如果是春天或秋天，浇水时，肥料可以多加一点。冬天，浇水次数不能太多，但肥料一定要足一些，尽量把肥料浇到菜的根部。小时候，农村里种地种菜用的都是农家肥，就是厕所里的尿粪，还有猪圈里的粪肥，也有一部分是烧饭做菜后产生的地灰。一般来说，施肥有两种方式：一是把尿粪用水稀释，浇到菜苗根部，这要讲究浓度适宜，前面说了，太浓了，肥力太强，会烧坏菜苗；二是将地灰和粪肥搅拌后，一般是在地里挖一个坑，然后把肥料埋在地里，等过一段时间才在上面种上菜苗。每一次妈妈带我去菜地，都会跟我讲一些种菜施肥的诀窍，我听得很认真、很上心，因此，在菜地里总是她的得力帮手。

　　小时候，我非常喜欢去菜园子，那是我的乐园。干活当然辛苦，但菜地里也有很多快乐的体验和书本上没有的知识。比如，到菜地里捉虫子给我们养的八哥吃。我们一般带一个空药

瓶子，用不了一会儿，就能捉到好几十条小青虫、小瓢虫。夏天，菜地里瓜果成熟了，我们浇完水后，就坐在地里，摘黄瓜、吃西瓜，每次都吃得肚儿圆圆，满头大汗。给南瓜花授粉，也是很有技巧的，看见母花开了，就要找一朵雄花，小心地把中间的花蕊摘出来，然后把它插到雌花的花蕊上。再及时给南瓜苗施点肥，要不了多久，就会有一个大南瓜挂在藤蔓上。菜地里还有各种小昆虫，在那里可以找到七星瓢虫，可以看到金龟子，还可以捉到萤火虫。

种菜的日子最大的收获，就是认识了很多植物，也认识了很多小昆虫，了解了很多农业知识，还学会了从劳动中获得快乐。从妈妈带着我走进菜园子起，勤劳的种子就播在了我的心田，我开始懂得不劳动就不会有收获、付出汗水才会有收获的道理，懂得了一个普通人家的孩子，要想获得幸福的生活，就要靠自己的双手，靠勤勉的品格。

乌石塘的孩子

种树的日子

　　我一直喜爱种树。老家屋后的峦山长满了马尾松、杉树、香樟和枫树，可以说老家到处都是树木。那时候，我和弟弟都喜爱在深冬和初春的时候，在自家的屋前屋后，还有自留地里，种橘树、枣树和桃树等果树，或者种一些苦楝树。

　　橘树、枣树和桃树都很容易生长，南方的冬天不是很冷，而且春天雨水特别多，要不了三四年，它们就能开花结果。所以小时候，我们不用羡慕别人家的果园里结满了瓜果，因为自家的果树上，也能采到桃子、李子、枣子和橘子。外婆和我家住在一个村子里，离得很近，她家屋后就是一个大园子，外婆和外公在园子里栽了很多果树，有两棵板栗树，有一棵梨树，还有一棵大柚子树，两棵枣树，还有十几棵橘子树。几个姨妈也都很爱种树，所以春天，那里鸟语花香；夏天，绿荫如盖；秋天，瓜果飘香；就是冬天，也充满着生机。我和弟弟最爱去园子玩耍，在那里爬树、喂小鸟、追蝴蝶、拉弹弓。有一年，大雪覆盖了整个园子，我和弟弟拿着网罩，在雪地上放一些吃的，去逗小鸟。

上初中的时候，家里的条件开始好起来。爸爸妈妈经常在一起合计着要盖房子。那时候，我种树的劲头很大，心想：一定要种几棵大树，给新房子当栋梁。屋前屋后，只要有空地，我都种上了苦楝树和杉树。这两种树都可以做建材。杉树长得慢，但一旦长好，就是笔直的栋梁之材，另外做一些家具时，杉树可以做主料。苦楝树长得快一些，只需五六年，就会长得像大碗那么粗，是很好的板材，可以打家具，也可以做楼板，还可以有一些其他的用途。因此，我种的苦楝树最多，为家里做了很大贡献。

后来，家里又在附近的湘南一级公路边买了一块地，要给两个弟弟盖新楼。两栋三层的楼盖好后，周围还有不少空地，我回老家时和大弟一起种了一些桃树和李树。2009 年暑假，我回老家看望病中的妈妈，其中一棵李树上竟然结着两颗大大的青李。我拿起竹竿把它们敲下来，女儿笑呵呵地拿到厨房里洗了，一边开心地咬着，一边说很甜很甜。病中的妈妈见了，笑得很开心。

在外地工作后，我很少有时间春节时回老家了。女儿在北方长大，习惯了有暖气的生活，冬天回老家住她不习惯，所以很多年没有在老家楼前屋后种树了。到了北京后，在北师大任团委副书记时，有幸带领大学生志愿者到密云栽过几棵杨树，相信现在它们已经长得很粗壮了。住在都市的社区里，不能随便种树了，因为绿化是有规划的，而且社区里也有专业的绿化人员，但我一直希望有一天能够有机会好好种几棵树，看着树木茁壮成长。前年，我买了一个带院子的联排别墅，去年，我就在前院儿里种了一棵苹果树、一棵黄杏树和一棵樱桃树，也栽了不少月季和蔷薇。在后院子里，种了洋姜，也栽了月季和蔷薇。一到夏天和秋天，院子里花果飘香，很有情趣。

　　我想，有一天我会回到老家，种一片树林。我要承包一块荒山，种上橘树、桃树、枣树、李树和梨树，还要种一些苦楝树和杉树，让老家的山峦飘着更浓的果香；我还要在老家的楼前屋后多种一些花草，让自己生活在花红柳绿、清气怡人的园林里。

 乡村的炊烟

很怀念乡村的炊烟，怀念在乡村的童年时光，怀念在外婆和妈妈身边的日子。

我的老家在湘南的山村里，村子的周围都是山，每一座山上都有油茶、桐树、杉树和松树等，有的山上还长满榛子树和板栗树，老屋后面的山上长满马尾松、香樟和杉树等，我们这些乡村孩子就是在山野里长大的，山野是我们的乐园，它比学校的吸引力大得多。在那里，我们捉小鸟、采野果、捉迷藏、玩打仗，山坡上、树林里留下了我和小伙伴的汗水、脚印和天真的笑声。

那时候，乡村的生活很困难，大部分家庭的生活方式比较原始，烧饭做菜，没有煤，更没有煤气，连电灯都是初中的时候才有的。所以上山砍柴打草就成了我们这些孩子一个重要的活计。每天早晨起床后，姐姐和我要做的第一件事就是砍柴、煮饭，因为爸爸在外面教书，两个弟弟还小，而妈妈要出工。家务活自然就落到了姐姐和我的头上。很多时候，姐姐上山砍柴打草，我留在家里煮饭熬粥，还要煮猪潲，因此很小就和土

灶结了缘。后来，大弟会煮饭熬粥了，他就顶替了我，我则和姐姐一起上山砍柴打草。

乡村里的土灶很简单，是用稀泥和砖头砌的，把铁锅架上，不断往灶膛里添柴草，就可以烧柴做饭了。土灶有排烟孔，直接把烟排到屋外，于是，乡村里的早晨，家家户户都会冒出缕缕炊烟。山村的上空，一条条灰白色的炊烟飘荡着，与翠绿的山野和湛蓝的天空形成了鲜明的对比，构成了一幅宁静祥和的乡村风景。很喜欢早晨的乡村，很喜欢炊烟，每当做完了早饭，在等待妈妈和姐姐回家吃饭的空隙，我总爱坐到门前的树下，一边听着小鸟们喳喳歌唱，一边静静地望着邻村的炊烟，远远

地从一栋栋黑褐色的老屋顶上飘出来，然后慢慢消散在太阳的光辉中。有一次，我拿出图画课上用的本子，用铅笔描绘了一幅山村的炊烟图。乡村里到处都是画，我真想把它们一一描绘出来。也许就因为这个，我爱上了绘画，小学和中学，我多次在学校和县里组织的小学生绘画大赛中获奖，高中时曾离家上郴州和长沙学习美术，领略了一些绘画艺术的奥妙。

上了大学，离开了家乡，乡村的生活也离我越来越远，在都市里是看不到炊烟的。寒暑假回家，妈妈也不让我烧饭做菜了，家里盖了大房子，土灶被煤炉取代，后来又被煤气灶取代，村里其他人家也很少用柴草烧饭做菜了。于是，家家户户屋顶上飘着炊烟的景象也看不到了。

现在，老家的变化太大了，乡村里都通了电，大多家庭都用上了自来水、热水器和煤气罐，炊烟慢慢地消失在人们的视野里。而且老家的房子都是高高大大的楼房了，乡村孩子都习惯了城市的生活方式，山野里那些淳朴的游戏不知何时已经被电视机和游戏机取而代之。谁家还会让孩子早早地起床砍柴打草、煮饭烧菜呢！

童年的梦想

　　童年的我有很多梦想，记得刚上小学时，看到别的同学穿着新衣服，特别羡慕，那时候真的是做梦都想着要有一套新衣服就好了。

　　小时候家里穷，爸爸起初做公办代课教师，工资非常微薄，靠妈妈一个人辛勤劳作养活我们四个孩子，而且家里还有老人需要赡养。可以想象，逢年过节，要想给孩子做一套新衣服，那是很费劲的。刚读小学那会儿，我穿的衣服有些就是姐姐穿剩的，妈妈买来黑色染料染了一下，原来的花纹看不见了，就让我穿了。我穿小了的衣服，也会同样染一下，再给弟弟穿。所以，小时候有很长一段时间，我心里很自卑，因为没有新衣服穿，没有零花钱用，也没有糖果吃，就特别希望自己长在富裕人家，过着物质丰富的好生活。有一个同学的爸爸在卫生局当干部，他每个学期都有新衣服穿，而且每天上学都带着零食。下了课，我看到他吃着煮鸡蛋和水果糖，很眼红。

　　有一天早上，吃完了红薯粥，我死活不愿意去上学，因为妈妈又让我穿姐姐剩下的衬衣。妈妈就拿着竹条子指着我说：

"东崽，你要是不听话，我就揍你！你去看看，哪家的孩子不是这样的！"的确，那时候在农村，哪一个家庭不都这样困难呢！有的人家甚至贫困得连衣服都穿不起。在我的印象里，童年的小伙伴几乎个个都流鼻涕，其实就是因为冬天太冷，孩子们穿的衣服都很单薄，冻得都流鼻涕。我们家还算好的，冬天来了，妈妈会想办法用旧衣服缝一条棉裤给我们，我是班上少有的不流鼻涕的孩子。

小学毕业时，我以优异的成绩考上了初中，妈妈给我做了一套新衣服。但那时候乡村的裁缝做的衣服很土气，裤子很肥大，而且是系裤带的。冬天小便时，就很不方便。我真想穿一条系皮带的裤子，可是那时候大部分人穿的都是系裤带的裤子，买一条皮带，花上几毛钱，是很奢侈的事情。上高中的时候，家里条件好了。妈妈开了一家商店，爸爸转正后工资也提高了，我们家盖了大房子，日子过得很好，每天都可以吃鱼吃肉，我们几个孩子也可以享受零花钱，并可以自己买书、买新衣服了。那时候，我赶过不少时髦，到小镇烫过卷发，穿过喇叭裤和男式高跟鞋，还买过牛仔裤，港台电视剧里的青少年生活，就是我们学习的模样。

现在回想起来，童年的日子有很多艰辛与遗憾，也有很多快乐和幸福。不管怎么说，童年是一笔财富。那些贫苦的日子里，我的梦想虽然不切实际，但爸爸妈妈的辛勤和坚韧促使我努力学习奋斗，如今，很多梦想都变成了现实，过去所有的艰难都变成了美好的回忆。

赶春分的日子

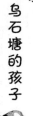

老家安仁有一个很奇特的"赶春分"节日，可能全国别的地方没有过。以二十四节气之一的春分为节日，的确是新鲜事。

赶春分是安仁的传统节日，安仁土话也叫"赶分社"。不知道从什么时候起，每年春分那一天，全县人都要去赶春分。

赶春分是这样的：春分那一天，县城里就会有中草药集市贸易，还有农具集贸市场。县里其他小镇也有中草药和农具集市。村里的农人都要去集市上选购农具，还要去采购中草药，有点类似于赶集、赶墟。但赶春分时的集市贸易不同于平常的集市，带有乡村仪式性质，有比较庄重的农耕文化展会的气氛。赶春分的时候，男女老少都穿着新衣服，兴高采烈地出门。年轻的姑娘和小伙子都要穿上时尚新衣，骑着自行车，甚至开着小车，去逛一逛，去亮个相，也许还会遇到意中人。白天，各种各样的特色小吃让每一个光顾者大饱口福；晚上，各种夜宵香气扑鼻，也会诱得人流口水。安仁物产丰富，特产很多，有干笋、野菌、蕨菜等各种山货，有大米做的各种小吃。特色小吃中最有名的就是草药炖猪脚和米豆腐。草药炖猪脚是一种乡村补品，相传神农来到安仁传播农耕文化，春分时节正是播种之时，天气还有些寒凉，农人刚下水田，需要滋补身体，就有了草药炖猪脚。米豆腐是用大米磨成粉，然后和水成浆，在平底锅上一蒸，就做成了厚厚的米粉糕，再用刀划成小方块。米豆腐在热水里煮开，加上豆腐和肉做的臊子，味道极好。还有米粉，也是安仁的特产。安仁米粉有几种做法，一是切成丝状，像桂林米线那样吃；一种是切成块状，煮成米粉块，加上佐料；还有一种做法，就是把米粉片晒干，放到油锅里炸，口感很脆，味道香喷喷。赶春分时，差不多每个人都要买一把中草药回家，炖一锅猪脚，全家人吃一吃，喝一喝。据说，全家人吃了草药炖猪脚，整个春天干活都有劲呢。赶春分时，差不多每个人都要到街上吃一碗米粉或者米豆腐，饱饱口福。

　　小时候，我常跟着妈妈去赶春分。我家离县城很远，有三十里路，去不了，只好在离家十来里路的安平镇上赶春分，也很热闹。老街的两旁都摆满了各种药材、小吃摊点，春分时节正是雨季，大家都打着油纸伞或者老式洋伞，很有江南的风韵。有一次看见别人在摊上吃米豆腐，肉香诱得我直流口水，我连忙对妈妈说："我肚子饿了！"妈妈一听，就知道是我嘴馋了，笑着把我拉到米豆腐摊边，喊一声："老板娘，给我大嵬来一碗！"于是，我美美地吃了一顿飘着猪油和葱花的米豆腐，把小肚子填得鼓鼓的。还有一次去赶春分，妈妈给我一毛

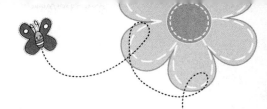

钱，我蹲在一个小人书摊上，看了一个上午的小人书。妈妈知道我是读书迷，就让我在书摊上待着，自己去买农具和草药了。因为老家是山区，森林密布，中草药品种繁多，又地处湘东南，在罗霄山脉以西、五岭北麓，算是湖南、江西、福建和广东四省交界处，历来是中草药的集散地，因此无论是县城里赶春分，还是小镇上赶春分，人都很多。现在，老家的赶春分已经成功申报了非物质文化遗产。每年，安仁都要举办春分节，把赶春分与油菜花节、中草药节结合起来，吸引了海内外的游客和中草药商，赶春分比过去更热闹了。

　　2015年赶春分，应县里领导的邀请我回了老家，亲身感

名家伴你成长

阅读书系 第二季

受到了赶春分的节日气氛，还观赏了油菜花，逛了中草药市场，如今赶春分已经变成了"地方文化搭台，经济唱戏"的一个节日。我品尝了草药炖猪脚，也用药汤泡了脚，还回老家看望了父亲。赶春分，让我感受到了亲情，也让我更加想念家乡。

琢鸡婆

　　童年生活在乡下，经历了很多趣事，琢鸡婆就是最难忘的事之一。可能一般的小读者不明白，"琢鸡婆"是什么意思？这是我的老家湖南安仁县的土话，其实，琢就是"雕琢"的意思，"琢鸡婆"就是用米粉来塑小鸡小鸭，用书面语说，就是"米塑"。

　　米塑和泥塑一样，也是一种民间工艺，是一种具有湘南文化特色的风俗。在老家，每到元宵节，为了祝福五谷丰登、全家团圆，老百姓就要一家人围在一起做米塑，然后蒸米塑吃。

米塑是这样的，把江米和糯米以适当的比例混合，磨成粉，然后加水，像和面一样揉得软软的，也有一定的黏性，然后，把粉团掰成一个一个的小团，用手捏成小鸡、小鸭、小猪、小狗等各种造型，再用染色水加以点染，使小鸡、小鸭、小猪和小狗变得栩栩如生、色彩斑斓、活泼可爱。最后把塑好的小动物，放到蒸笼里蒸熟就可以了。蒸熟的米塑可以吃，也可以当作工艺品出售。如果你喜欢米塑，想留着观赏，就把米塑放在碗里，用清水泡着，可以放上半个月。老家人做米塑时，最喜欢做的就是捏一只大母鸡，带着一窝小鸡，所以，米塑俗称为"琢鸡婆"。

小时候，在农村生活时，无论在外婆家，还是我自己家里，每到元宵节，除了炒元宵，外婆和妈妈都会很认真地准备米粉。那时候，没有电动磨米机，都是在石碓里捣碎，然后用筛子筛出粗粒，最后把细米粉和水揉搓，做出各种小动物的造型。一般农家做得最多的是鸡、鸭等家禽和猪、牛、狗、马等家畜，即与人最亲近的动物。还有人会捏十二生肖动物，会捏百鸟朝凤。米塑是一种节日制作，也是一种艺术加工，也不是人人都做得出来，因此有些农家做不好米塑，就到集市上去买别人塑好的"鸡婆"，然后在元宵节晚上，一家人围坐在一起，或欣赏"鸡婆"，或品尝蒸熟的"鸡婆"。我小时候最爱自己家琢的鸡婆了，每到元宵节，揉米粉、捏小动物和上色，我都是内行，

爸爸妈妈都夸我心灵手巧。也可能是小时候"琢鸡婆"培养了我的艺术感觉，上中学后，我的美术成绩一直很好，也很自然地就会做泥塑，学校里举办画展和雕塑展，我都有作品参展并获奖。现在我还记得，小时候用观音土做的各种动物形象，还有参加过学校美术大赛的雕塑作品，可惜那时候没有"苹果"，不然的话，可以拍下来做个留念。

现在看来，"琢鸡婆"这个民俗是一种家禽家畜崇拜，表达了老家人对五谷的感情，也显示了老家人对美的自然之爱。当然，"琢鸡婆"也给我们的童年带来了美好的回忆，那是我人生最难忘的体验之一。

感谢父亲

父亲节快乐

今天是父亲节，远在郑州的干女儿发来短信，祝我节日快乐。想起远在湘南老家的老父亲，想起他几十年来为我做过的许多事情，付出的难以形容的辛劳，心里突然觉得有很多话要说，特别想大声地说一声感谢父亲。

父亲出生于地道的湘东南丘陵地带的农民家庭。他对我说过，小时候，为了读书，他给人放了一个冬天的鸭，才换来两担谷子，付了学费。自我懂事起，我就知道爷爷出身很苦，家里一贫如洗。奶奶我没见过，爷爷是在我八岁那年去世的。外婆和我奶奶是好友，按今天的说法，就是贴心闺蜜，她告诉我，奶奶比爷爷高一头，长得端庄大方，还会点武术，是一个家里家外都能操持的强女子。可惜，因为爷爷家太穷，她不得不起早摸黑地劳作，因此四十出头就早逝了。父亲说，奶奶去世时正是三年困难时期，她患了肝腹水，主要是因为营养不良，加上日复一日、年复一年地为了五个儿子的成长而操劳，才患上了这种绝症。那时候就算是有钱治疗，也没有好的医生，只好等待着死神早早地来收去她的生命。奶奶去世后，个子小且老实巴交的爷爷再也没有能力来管五个儿子，于是，兄弟们很早就分家过日子了。在幼小的记忆里，爷爷瘦小驼背，但人很憨厚俭朴。去世之前，他还在开荒辟地，用土石垒了一个菜园。

　　父亲五兄弟分家时，他其实已经算是别人家的孩子，因此兄弟分家，父亲没有得到爷爷名下的一砖一瓦。在那个贫困的年代，父亲和母亲白手起家，拉扯大了姐姐和我们仨兄弟。

　　父亲"文革"前跟着大伯父在河南洛阳读过高中，1962年回乡后就做了公办代课教师，吃的是供应粮，但拿的是民办教师的工资。开始工作时，他在村小教书，后来调到县里的完全中学教书，直到1978年父亲才正式转为公办教师。父亲有一段特殊的教书生涯，大概是我最早的童年记忆。那好像是1975年，县里要在离我家十多里的一座山上建"五七大学"，因为父亲人老实、表现好，就被调到那里负责建设学校并担任校长。那所学校的学生都是高中生，但办学主要不是学习，而是劳动，父亲和几位老师，还有一位老红军，带着几百名学生，在那里烧砖、盖房，种西瓜和蔬菜，自力更生，硬是在一座黄土山峦上建起了一所像模像样的劳动大学。我在一个暑假去过"五七大学"，在父亲的身边待过十几天，记得吃了不少西瓜。父亲那时候除了上课，还带着两个学生做木工，学校里的门窗和桌椅大部分都是父亲的作品。让我印象深刻的是，那时人们没有保护生态的环保意识，父亲的学生每晚都捉些青蛙，然后拿到食堂加工烧炒，做成辣子蛙肉给我吃，味道很香很香。那位老红军爷爷还把家里的煎豆腐拿来给我吃，也让我大饱口福。不过，有一天晚上我和父亲的学生出去玩，差点被一条黑狗咬了。

　　"五七大学"办了大概三四年，改革开放后就停办了，父亲回到乡里中学教书。过了两年，又调到邻乡中学教书，退休前在本乡中学从事初中地理和数学的教学工作，这是后话。父亲在村小教书时，是家里最贫困的时期，父亲微薄的工资只够他一个人生活，我们四张小嘴巴天天都等待着食物，母亲没日没夜地出工，到自留地里种菜、喂猪、养鸡，以贴补家用。由于过度劳累，母亲的身体每况愈下，父亲为了额外挣点钱，不得不每天天还没亮，就拿起扁担、砍刀和麻绳，上山砍柴……待我们起床吃早饭时，父亲已经佝偻着腰，费力地担着一担木柴回到了屋前的土坪。然后，他和我们一起喝一大碗红薯粥，再到学校里去上课。我记得父亲四十岁的时候，还到镇上拍过一张黑白全身照片，瘦弱的身体，脊背过早地弯曲。当时我不太懂事，现在一想起那张照片，我的心里就有一股酸楚与寒凉。母亲就不用说了，她四十岁的时候患上了神经衰弱症，经常会头发晕，医生诊断说是"臆病"。其实，现在看来，应该是操劳过度、营养不良导致的体虚。有一次，我跟着她爬梯子到楼上去存放花生，她突然晕倒，沿着楼梯摔下来，那一次，母亲在床上躺了好几天。正是父亲与母亲的苦难让我深深难忘，也使我本能地产生了自强的想法，一定要努力学习，走出贫困，追求富裕和幸福。

母亲生了病，父亲很着急，但他没有钱，又有四个孩子，上面还有爷爷，还有外公外婆，这么多的人都需要照顾。这是一个典型的乡村大家庭，生活的每一天都让当家人操碎了心。于是，父亲就带着母亲去找偏方，去请教那些好心的乡村医生，请他们给开个土方子。那个时候，小小的我跟着父亲和母亲认识了很多中草药，熟悉了一些土方子的熬制方法。为了减轻父亲和母亲的负担，我和姐姐也早早地学会了劳动。八岁的姐姐每天一大早，就去山上拾柴草给家里用，然后才去上学；放学回家，她得帮助母亲洗衣服。六岁的我一大早在家里烧好饭，煮好猪潲，再去打猪草。上小学后，每天放学回家，我还会随着母亲去自留地里种菜、浇水、施肥。大弟虽然只有四五岁，每天也要出去捡猪粪、牛粪。生产队给的粮食不够一家人吃，父亲和母亲都指望着自留地里有点出产，于是，弟弟捡的牛粪沤烂发酵了，就是蔬菜和水果的营养剂。

有一件事情，是我一辈子都不会忘记的。1978年暑假的一天，吃过早饭，母亲拿出一个空酒瓶子和一卷软软的毛票，对我说："东崽，今天公社和教育局的干部要到家里来，你去买二两油。"我赶紧跑到离家两三里路的供销合作社，买了二两茶油。那天中午，母亲把家里仅有的一只老母鸡杀了，用这二两茶油烧了一顿辣子烧鸡招待两位干部。原来，粉碎"四人帮"后，很多本该落实的政策可以落实了，父亲也要转正了，他即将真正成为每月拿几十元工资的国家干部了！那天，看着两位来考察的干部吃着香喷喷的鸡肉，喝着家里自酿的米酒，我很羡慕。一年到头，我们家从来没有吃过这么美味的一顿饭，可惜我和弟弟都不敢伸出筷子去夹鸡肉。父亲说："客人来了，要给他们吃！"等客人走后，听着父亲和母亲开心地谈笑，我和弟弟，还有姐姐很快从没有吃到鸡肉的沮丧中提起神来，也跟着父亲和母亲开心地笑了起来。

父亲转正的第三年，他做了一件事，彻底改变了我们一家的贫困处境。那一年暑假，父亲和母亲腾出一间房子，拿出两年来从工资里节省出的两百多元，开了一家个体经销店。这是我们大半个县第一家个体经销店。小店刚开张时很简陋，只有牙膏、牙刷、盐、酱油、白砂糖、水果糖、毛巾等二十多种日用品。到了年底时，店里已经有上千元的资本了，货物也多了起来，添了粉条、海带、饼干、醋、辣椒酱、热水瓶、铝锅、雨伞、布匹等四五十种。每天营业额好的时候达到了一百多元，这意味着每天可以净挣十多元钱。一个月下来，相当于父亲七八个月的工资了。大年三十，吃完年夜饭，放了鞭炮后，父亲特别高兴，他给了我们每人五元钱的压岁钱。这对于我们来说，简直就是一笔想都不敢想的大钱。那天晚上，父亲告诉我们，我们家的生活会越来越好，而且他和母亲计划，年后就要盖新房子，买电视机、电风扇和新的自行车。果然，暑假来临，父亲就到镇上的百货商店花四百多元买来了一台黑白电视机，花一百多元买来了一台吊扇，还给我和弟弟买了一辆鲲鹏牌自行车。于是，我们家里每天来的人更多了，很多过路的行人，都喜欢到我们家里来看看电视，吹吹电风扇，打一二两小酒喝喝，拉拉家常。秋天时，我们家在老屋后面盖了一排水泥顶的新房，成为方圆十里第一家拥有水泥楼房的人家。

乌石塘的孩子

　　家里的生活越来越好，父亲也从小学调到邻乡的中学去做骨干教师。我也跟着父亲去那里上初中了。那时候，周末只有一天休息日，父亲每到周六下午，就带着我步行十多里泥巴路回家。他去镇上把一周的货物备齐，有时候我也和父亲一起去供销社的批发部进货，开始逐渐了解一些商品的知识，见证了改革开放之初个体商户与国营供销社之间的不平等关系，也体会到了个体商户自谋生路的艰难。因为还是计划经济为主，个体商户受到供销社和百货商店职工的歧视，因为人家端的是铁饭碗，我们每次去那里批发货物，那里的职工总是拿出一副盛气凌人的面孔，而我们总觉得低人一等。不过，因为是靠自己的劳动获得财富，所以慢慢地我也不觉得自己家个体开店有什么不好了。那两年，乡村实行了包产到户的政策，家里分了五亩田，还有好多块地，母亲带着我们把庄稼种得很好，粮食年年丰收。家里的花生堆满了，谷子要一大间房子才能装下，还有蔬菜水果，我们家的生活比城里人都要好得多。父亲的精神越来越好，母亲的身体也好了许多。

后来，我考上了大学，父亲年纪也大了，母亲觉得不需要做那么多事情，小店就关门了。但父亲的辛劳依旧，每当回到家里，他还要做木工，还要去种菜。他退休后和母亲一起帮着两个弟弟盖了两栋三层的楼房。

几年前，母亲因患癌症去世了，我在北京，小弟弟在广东，只有大弟弟在家行医，也忙忙碌碌的，父亲只好一个人过。我知道父亲有些孤单，但父亲是有韧性的，喜爱劳动、吃过很多苦的他，会从各种劳动中获得乐趣，获得安慰。大半辈子的贫困生活以及对一个大家庭的操劳，已经让他养成了承受苦难的习惯，他是经得起岁月和世事的。因此，虽然我远在京城，但对父亲安然度过晚年有限的时光还是很有信心的。

不过，父亲，我会更加惦记您！我会尽量多地回老家看看您，陪您说说话，一起吃几顿饭。

乌石塘的孩子

怀念母亲

一天早上，在去办公室的路上，父亲打电话给我，说："旭东，今天是你妈妈的忌日！"母亲是9月5日病逝的，按照农历当日是七月十七。父亲的话让我突然有一种伤感，也有一种自责，我一直记着那个阳历的日子，就没有想到住在乡下的父亲一直记着这个特殊的农历日子。

父亲在电话里告诉我，他去镇上买了些酒菜，要和在家的弟弟一起祭奠母亲。想起母亲去世前的一幕幕，回忆母亲一生的艰辛操劳，我的心里非常伤痛。母亲是患癌症去世的，去世前几个月，她是很痛苦的，我想起她躺在床上忍着全身的病痛，还和我聊天，夸奖我妻子贤惠、我女儿聪明的那一幕幕，泪水禁不住溢满眼眶。

母亲出生于一个中农家庭，小时候因为外公外婆很勤劳，家里并不缺衣少食。但后来随着生活际遇的改变，她七八岁后就一直生活在贫困之中，直到母亲年届四十，父亲由公办代课教师转了正，家里也开了商店，日子才过得丰衣足食。但随着我们姐弟四人成家立业，她又操碎了心。母亲的疾病其实就是

长期过度操劳才酿成了顽固难治的怪病。

　　记得小时候，母亲隔了一段时间就会发一次晕，头痛，浑身无力，一般要躺一到两天。那时候，父亲曾带着母亲到医院看病，但由于县里的医疗条件差，加上经济拮据，所以没有好好治疗，完全靠着乡村医生开一些中草药维持着身体。就这样，母亲还照常出工，家里有家务活，自留地里还要种菜，又要喂猪，因此天天从早忙到晚。印象里，母亲总是日出而作，日落而归，到了夜晚安排我们吃完饭，洗完澡，她还得洗碗涮筷，然后把一家人的脏衣服洗了。我们几乎没有看到母亲有过午睡，尤其是逢年过节，别人都要休息几天，玩一玩，走一走亲戚，她却舍不得到姨妈她们家里住两天。亲戚朋友，上上下下，来来往往，都靠她一个人张罗，就像围着磨盘团团转的驴子。

我们长大了，洗衣服、做饭等家务活大都由我和姐姐做了。母亲去地里干活，我们也是绝好的帮手，这时候母亲才感觉轻松舒心了很多。看着我们一个个蹿着长，她常常欣慰地对父亲说："玉明，我们的苦日子熬到头了，该享福了！"后来，我考上大学，在大学当老师，有了体面的工作；弟弟们也很争气，大弟开诊所，小弟在工厂做管理，都挣了不少钱，家里盖了好几栋大楼，可母亲依然没有休息。她给姐姐带女儿，给弟弟带儿子，我女儿扬子出生后，她也没少惦记。女儿十三个半月跟着我妻子从安徽的外婆家来到北京，我们安了新家后两个月，母亲也来到我那小小的家，帮我带女儿。可以说，家里每一个人，每一个小孙子小孙女，都像心肝宝贝，被她在心里记挂着。在我家里时，女儿不到两岁，但她长得胖胖的、壮壮的，很有力气。有一次母亲抱着她撒尿，女儿腿一蹬，母亲竟然站不住，一下跪到地上，膝盖都磕伤了。可她不愿意去看医生，后来用了红花油才慢慢消肿。因为刚来北京创业，我的生活过得清贫朴素，没给母亲买过什么好衣服，也没有带她去好餐馆吃饭，春节期间我们也只是去地坛庙会逛了逛，但她从来不抱怨，乘坐地铁时还特别开心。我刚结婚时，妻子给母亲一件灰色的呢子冬衣，她特别爱穿，直到去世前的那个春节我们回家过年，她还穿着。

　　母亲的家庭出身让她受了不少气，受了不少苦。外公外婆生了八个女儿，没有儿子，在男尊女卑、重男轻女的乡村，非常受人歧视，也遭人欺负。母亲初中毕业后，就进了大合作社做会计，后来又到长沙的机械厂工作。本来她可以在都市里幸福地生活，但身为长女的她，为了将来照顾父母亲，也为了与家人团聚，就回了家，在大队做"赤脚医生"。母亲和父亲结婚后，因为她身体虚弱和医疗条件差，生下的三个孩子都夭折了。一个女人，连着失去三个孩子，其痛苦可想而知。姐姐两周岁时，患了脑膜炎，这让母亲又操碎了心。多亏死神有眼，并没有拉走姐姐，而且我也健康出生了，让母亲感到生活终于有了莫大的希望，她毅然辞去"赤脚医生"的工作，专心在家务农并照顾姐姐和我。小时候，外婆对我和两个弟弟特别呵护，姨妈们也把我们当家里的宝贝。母亲好几次对我说："东崽，你的出生是我们家最大的喜事！"是啊，外婆一家没有男孩，而我是我们家第一个男孩，这是多么令人兴奋的事啊！所以，我从小就知道，长大后要有出息，将来为家里争光，这样别人才不会欺负外公外婆，母亲的身体也会因为心情好而变好。

　　农村实行家庭联产承包责任制时，家里突然有了几亩田，还有大片的地和山，农活很多。母亲带着我们这一群娃娃兵，勤劳地耕作，竟然年年都是大丰收，家里的谷子堆得像小山一样，花生米装了十几大箩筐。商店里的收益也越来越多，方圆十里，我们家是鼎鼎大名的富户——第一个盖楼房，第一个买吊扇和黑白电视机，村里很多的"第一"纪录都是我们家创造的。我们家也是最和谐的家庭，母亲和父亲从来不吵架，她尊老爱幼，爷爷去世前说："头娥是最能干、最好的儿媳妇！"姨妈家的孩子们，无论平时，还是过年过节，都喜欢吃住在我们家，母亲总是热情地接待每一个亲戚朋友。上中学时，寒暑假我和弟弟的同学来做客，她总是拿出家里最好吃的招待他们。

母亲的心里总是装着我们，唯独没有她自己，她身体不舒服时，总是不愿意让父亲和我们知道。结果患了绝症，无法医治。母亲病倒后，我们都很悲痛，父亲和我们都在她面前隐瞒着病情，但她心里其实是清楚的，她知道自己已经不久于人世了，因此特别想念我，总想多看看我，让我在她身边多待几天。她去世前的那年春节，我带着妻子、女儿回家和父母亲住了半个月，母亲还熬老母鸡汤给我们喝。之前一年的暑假，我两次带着妻子、女儿回家，每次都住了十来天。去韩国访问讲学回京后，我又两次乘飞机回老家陪她，我多希望母亲的病能出现奇迹，可母亲还是带着病痛离开了我们。我们都很伤心，我的心里一下子空了很多很多。母亲活着是我们一家人的精神支柱，去世了，她依然是我们心灵最大的寄托。

今天是母亲的忌日，远在京城的大儿子，给您点一炷香，愿您在天之灵安息！我们会默记您的言行，好好为人，好好工作，好好生活！

乌石塘的孩子

梦见母亲

前些天，我一早醒来，恍惚中觉得母亲就在隔壁的厨房里。我清楚地记得，当时仿佛听见母亲在厨房里喊我："东崽，东崽！"于是，我一骨碌爬起来，跑到厨房里一看，里面空空的。我才知道，刚才是在梦里听到了母亲的喊声。

自从母亲去世后，我已经好几次产生这样的错觉了。甚至几次回到家里，好像母亲就在身边似的。

母亲是六年前去世的，享年六十六岁。她是患癌症去世的。现在想起她临逝前痛苦的神态，我的泪水还是禁不住流下来。母亲这一生很辛苦，外婆家里贫困，生了八个女儿，在重男轻女、观念落后的乡村，可以想象，是很受人欺负的。作为家里的大女儿，母亲从小就领略了人世的沧桑、世态的炎凉。母亲文化程度不高，只读到初二，但学习成绩优秀，当时人民公社要一个会计，就选中了母亲，那时她才十四岁。母亲听从了组织的安排，放弃学业，承担起四个人民公社的会计工作。十六岁时，由于工作认真，有一定的文化，母亲又被选送到长沙南城的一个大机械厂做学徒，她认真工作，几年后就做了师傅。二十岁时，由于她家里需要她回去，而且当时她已与青梅竹马的父亲喜结良缘，于是，她舍弃了大城市里的生活，又重新回到了乡下。母亲先是做大队的妇女干部、小学教师，后来，因为村里妇女生孩子没人接生，于是，她又被安排去学妇产科，这一来，她就成了一个乡村"赤脚医生"。在我的记忆里，母亲总是起早贪黑地劳作，每天都是天还未亮，她就拿着劳动工具出门了，往往是很晚才回家。而且经常在晚上正睡觉时，突然有人来敲门，说她家的儿媳妇要生了，让我母亲快点去接生。我六岁时，学会烧饭做菜，就是母亲的安排。那时候，姐姐一大早就要到山上砍一担柴茅，两个弟弟都小，爸爸是教师，要早早去园子里先干点儿活，再去上课。所以，小小的我就承担起了做家务的重要角色。

从小学到高中，我一直是一边读书，一边帮助母亲干农活，在菜园子里，播种、施肥、浇水、摘菜……这些活儿，小时候我干得特别多。直到上了大学，寒暑假回来，我还常挑着粪肥，和母亲一起去菜园子里浇菜。我小时候就比较爱干净，干活也比较麻利，母亲总说"东崽勤快，以后不会让妈妈失望"。有一件事母亲给我讲过好几回，我自己也记得很清楚：有一天晚上吃完饭，我和村里的小伙伴出去玩打仗的游戏，玩到很晚，累了，回到家里倒在床上就呼呼睡了。母亲看到我满脸是汗，浑身是泥土，就打了一盆热水，把我抱下来，给我洗脸。我

在母亲的怀里，说起了梦话："妈妈，妈妈，坐飞机真好玩！"
母亲一听我说梦话，一巴掌拍在我的屁股上，大声地对我说：
"还坐飞机呢！你要是不好好读书，长大了只能坐板车！"
那一次，母亲重重的巴掌和话语，让我永生难忘！从那时候起，
我就想，要好好读书，将来一定到都市里，去坐火车，乘飞机，
看大海。

后来，我努力学习，考上了公社里的初中，又考上了县里
的高中。再后来，经过补习，考上了大学本科，大学毕业又做
了大学教师。母亲特别开心，对生活也充满了信心。她和父亲

最大的希望，就是我能找一个好对象，给她生孙子或孙女。我和妻子结婚时，我带着妻子回了老家，母亲看了，对我说："毓洁面相好，是个温柔贤惠的女孩，你要好好珍惜！"母亲的普通话讲不好，毓洁听不太懂，但我知道母亲的苦心。她希望我们过上幸福平和的生活！

今年母亲节，女儿扬子给她妈妈做爱心卡片，我又想起了母亲，要是她还健康地活着，我会好好陪陪她，带她到北京的小胡同里走走，让她看看后海的荷花，到北海划划船，去吃一顿全聚德，再带她去北戴河住几天。母亲来过一次北京，可惜，那时候我还是租房子住，生活很拮据。要是现在母亲在身边，那该多好啊！

乌石塘的孩子

外 婆

外婆离去已经快二十年了，要说世界上谁最亲，外婆是我最亲的人。

外婆的身世，小时候我就知道。她出生于附近的一个叫黄田的山区小村。去外婆的娘家，大概要翻三座山，走近二十里弯弯曲曲的乡村小路。外婆的父亲是一个猎户，外婆让我叫他老外公。大概六岁前，我跟着外婆和母亲去给他老人家拜年，见过他。过去，山区里有很多人就靠狩猎为生。外婆的弟弟也是猎户。不知道什么原因，他失去了一条胳膊，只用一只手扛着一杆猎枪。我上小学那会儿，还允许打猎，外婆的弟弟每次打了豺狗和野猪，都会送给外婆一块肉，当然，也会给我家一块。每次，有了野味，外婆都会用茶油和辣椒烧好，然后放到饭上蒸一蒸，端出来大家一起吃，但外婆一般会特意给我留一点。所以童年时，我是享了口福的，吃了很多山里的野味。

外婆的娘家人不算多，也不算少。她是家里老大，有两个妹妹、一个弟弟。大妹妹嫁得不远，在另一个乡里。大姨婆人很好，家里不富裕，但对人很实诚。小姨婆嫁到了永兴，小时候，我跟着外婆去做过客，记不清楚多远了，反正，现在想来，应该有三四十里路。因为我年纪小，走远路力气不够，一路上，是外婆和母亲不时抱着我。朦朦胧胧记得，那是一个小山村，小姨婆家条件还不错，她气色好，胖一点，有福相。小姨公个子高高的，人很和善，对我们也很热情，把家里好吃的悉数拿出来，让我们吃。离开小姨婆家时，她还炒了花生，把我的口袋全塞满了。

外婆生了八个女儿。说起来，很多人可能觉得怎么生这么多女儿啊？其实，这恰好证明外婆是一个勤劳有爱的母亲，也是一个能干的女人。过去，在农村，家家户户都很贫困，又没有计划生育和好的医疗条件，很多女人都生了十多个孩子，因为饥饿和疾病，能活下来的往往只有三五个。据说，外婆生了十来个孩子，其中第三个是男孩，养到了几岁，因为生病无药医治就早夭了。这是外婆一生的痛。因为在农村，不生个男孩，就算没有人传宗接代，算是"无后"了。所以村里的女人和外婆一吵架，就会骂她是"绝后"的女人。这对养了八个女儿的外婆来说，就像在胸口扎了一刀。有好几次，外婆被村里的泼妇骂，气得她直吐血。外婆有一个老毛病，一直到去世，都没有完全治好，就是肺结核，过去也叫痨病。后来我长大了，才知道，这个病一般是因为劳累过度，长期缺营养，加上生活负担重，得不到很好的休息才引发的，农村里的很多人都患过这种病。外婆和外公养着八个女儿，还要照顾老人，又要受一些人的气，甚至遭到一些乡村恶霸的欺负和敲诈，生活非常艰难。

我家和外婆家同在一个生产队，在今天也就是住在同一个村民小组。从我家到外婆家，只有几十米距离。所以，外婆家吃什么，我和弟弟都会跑过去。外婆家发生什么事，我们都知道。每次有人欺负外婆，和外婆吵架时，我听到了心里都非常恨。但毕竟年纪小，也不敢出来和人家打架。外婆和外公与人为善，外公特别老实，就知道干活，一辈子从来不做出格的事，更不说人坏话。但乡村里人的素质低，欺软怕硬，看他们善良老实，家里没有男丁，就总找碴儿欺辱他们。我长大后读了鲁迅的作品，很理解他所揭示的"国民性"。

外婆和外公一生非常勤劳。他们辛苦耕作，生活过得很好，有五六间房子、二十多亩田地、十几头耕牛，还有几十担谷子和红薯干，但后来都被公家收走，放到了所谓的大食堂。从此，在集体的大锅饭里，外婆和外公一家过上了贫困的日子。直到包产到户，外婆和外公带着姨妈们又靠着辛勤的劳动，换来了丰足的食粮。记得那时，外婆已经老了，主要在家里做家务，外公仍天天埋头在地里干活。五姨妈、六姨妈、七姨妈和八姨妈，都和我们一起干活。每次春天播种、插秧，夏天收割早稻、插种晚稻，再到秋天收割晚稻，冬天种油菜……几乎所有重要的农活，都是姨妈们和我们一起做。我和弟弟都小，刚学会干

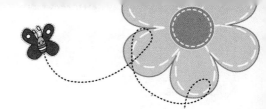

活，家里这么多的活，主要的劳力就是几个姨妈。我家盖房子，要烧红砖，土坯砖都是七姨妈和八姨妈自己和泥烧的。当然，砌屋子的时候，我已经算是主要劳力了，跟着父亲做小工，学会了砌墙。

说起外婆对我的疼爱，有很多的细节，现在想起来，心里异常温暖，眼泪忍不住要流下来。我上了中学以后，只有周末才能回家，外婆总要留点好吃的给我。后来我在几千里外上大学，半年才能回一次家。每到放假的时间，外婆每天都会站到路口等，看看她的外孙子回来了没有。有一年，外婆家院子里的枣树结了很多甜枣，外婆收藏了一袋子，一直等我放假回来，才拿出来吃。

　　外婆疼我也有一些传统的原因。外婆家没有儿子，母亲又是大女儿。为了照顾父母和家庭，母亲放弃了长沙的工作，回到老家。我是家里的大儿子，外婆自然特别疼爱。虽然，二姨妈的大儿子，也就是我唯一的表哥比我大一岁，但我在外婆的心里，分量是很重的。在农村，凡是没有儿子的家庭，通常要立一个子嗣，即财产接班人。我自然就被写到了外公外婆的名下。外婆外公去世，我就像儿子一样，坐在他们的棺木上，被抬到了山上。外婆疼爱我，与我小时候的乖巧伶俐有关。小时候，我眉清目秀，聪明勤快，很讨大人喜欢，方圆十里的村子没有人不知道我的。上小学时，我学习成绩优秀是出了名的。在家里干活，我也是一把好手，父母亲只要吩咐的事，一般我都能做好。六岁时，我就会烧饭做菜。姐姐帮着母亲干农活，两个弟弟还小，我承担了很多家务劳动，包括种菜收割等等。也可能是穷人的孩子早当家吧。

　　外婆在世时，我几乎没见她休息过。不只逢年过节，就是平常，姨夫姨妈也经常带着表弟表妹来，家里总有很多人，我表弟表妹们的童年几乎都是在外婆家度过的。外婆好像从来不讨厌孩子们的吵闹，对每一个孩子都有满满的爱。

　　我一直在想，有很多人一直过得很苦，似乎上苍从没想给他们恩赐，但他们永远不失做人的准则，善良、勤劳、本分、有爱。外婆就是这样的人，辛苦一生，但总是有爱，尤其是她的舐犊之心，总温暖怡人。现在，外婆留下的老房子已经被拆了，过去的老园子也荒芜了，但外婆给我的爱还是暖暖的。外婆坚韧、善良、勤劳的品性，还有她朴素而厚实的爱，总在感染我，召唤我。

我的姨妈

　　我有七个勤劳、善良、极有爱心的姨妈，我一直想写写我的姨妈们。

　　前年，有一家杂志约稿，我答应，说写一篇关于我姨妈的散文吧，编辑一直等着，等了半年，还是没有等到。这几年，我忙忙碌碌，到处讲座，参加一些活动，但有时候也很懒散，把该写的都拖了下来。

我有七个姨妈，可能很多人看到"七"字会吓一跳，至少会惊讶一下。我妈妈她们八姐妹，她是老大，我很幸运，拥有七个姨妈。

小时候听外婆说，她生了十个孩子，另外两个是男孩，但不幸夭折了。外婆生了这么多女儿，在村里并不奇怪，因为那时农村里的人都生了很多孩子，只不过，那时生活条件差，好多孩子没能长大成人。还有的人家嫌弃女孩，甚至把女婴溺死。外婆有爱，疼爱孩子，而且很勤劳，因此在贫困的年代里，竟然把八个女儿都养大成人，还让女儿们受到了教育，大多数都读了初中、高中。

妈妈是家里的老大，小时候很能干，读书很好，妈妈后来离开长沙，回到老家，也是因为外婆的缘故。外婆和我的奶奶是要好的姐妹，她是看着我父亲长大的，觉得我父亲人好心实，就给妈妈与父亲定了婚，妈妈是长女，不好违背母亲的意愿，而且也有老大的责任，就离开长沙回到老家，与父亲结婚，并承担起照顾全家的责任。妈妈回到了老家，由大城市回到了乡村，生活是否习惯不说，但经历了坎坷。城市里的固定工作丢了，到了村里，先是做了代课教师，又做妇女主任，后来当了乡村医生。妈妈只是经过了简单的培训，就开始做"接生婆"，也就是今天的妇产科医生。妈妈很用心，做事特别专注，很专业，乡里最会接生的就是她。妈妈的接生任务很重，农村里的女人

绝大多数都要生四五个孩子，而且她们做苦力活多，身体素质都不太好，很多怀孕时胎位不正，但妈妈总有办法把横在孕妇肚子里的胎儿给接生下来，从来没有死婴现象。妈妈做接生婆，一直做到了五十多岁，村里有2000多个孩子都是她接生的。现在想想，妈妈真了不起，可以说是一位伟大的妇产科医生。

　　大姨在外婆家里排行第二，几乎没有读过书，但人特别好，非常勤劳，而且很有爱心。大姨家就在隔壁村，离我家很近，大概只有六七里路吧。大姨夫是小学教师，当过校长。他个子很高，性格特别好，很有耐心，在乡里口碑相当好。大姨和大姨父对我们这些任性的孩子也很宽容。小时候，我最喜欢去大姨家做客，一是因为大姨家三个表哥表弟几乎与我们三兄弟同龄，可以一起玩耍；二是因为每次去，大姨和大姨父都会拿出最好吃的给我们吃，大姨做的油糍粑是我吃过的最美味的糍粑；三是因为大姨家有好多书。我爱读书，与大姨父有直接的关系。大姨父当老师，比我父亲更细心，对孩子的态度也更好一些。他爱喝酒，爱笑，为人宽厚，遇到什么事情都不慌张急躁，从来不打骂孩子。他给表哥表弟的零花钱也多，所以表哥表弟会买小人书和名著，还有各种文学杂志。在大姨家里与表哥分享阅读，也给我很多启发。小时候，我有了零花钱，也都用来买书、订杂志。因此，在读初中的时候，我差不多把当时能够读到的名著都读完了，而且《人民文学》《青年文学》《当代》《十月》和《湖南文学》等文学杂志，都读过。可以这样说，上个世纪80年代的全国优秀中短篇小说获奖作品我几乎全都读过，还收藏过。这也为我以后的文学创作、研究与翻译打下了坚实的基础。

二姨妈在家里排行老三，因此我们叫她三姨。她是八姐妹里文化程度最高的，高中毕业，做过民兵连长，还获得过各种奖励，可惜后来三姨的提干指标被别人顶替了。三姨的生活经历了一次大的波折。她的第一次婚姻很幸福，姨父是煤矿工人，人很好。他们结婚后生了一个儿子，三姨怀第二个孩子时，姨父遇车祸去世，三姨一人带着两个孩子，生活之苦可以想象，而且姨父家地处偏僻，条件艰苦，谋生很不容易。外婆心疼女儿和外孙女，就让三姨的女儿在我们家生活，一直到十二岁才离开。三姨后来又嫁给了现在的三姨父，三姨父是个木匠，人爱笑，爱喝酒，性子比较缓，但不是很会挣钱，与三姨结婚后生了几个儿子，生活虽然艰苦，但儿子们长大了，各谋生计，也算无忧无虑了。这也是三姨、三姨父勤劳善良得到的福分。

提到四姨妈和八姨妈，我就想哭。四姨妈只读了小学，她是几个姨妈里最爱喝酒的，可能是遗传吧，外公外婆都能喝酒，尤其是外公，差不多天天都要喝点米酒。四姨嫁给四姨父，还是我和表哥两人送亲的。她家在山里一个小镇上，过去交通不方便，去一趟很不容易，要花半天时间，就像现在我从北京飞

名家伴你成长

阅读书系第二季

回老家一样的时间。四姨父是转业军人，在老山前线打过仗，转业后分到水泥厂，他人很憨厚，没什么文化，比较粗心，四姨妈对他不是很满意。四姨妈四十多岁就患肝癌去世了，这可能与她爱喝酒有关，也可能与她总是对生活不满意而心情不愉快有关。有一次我上大学后回家过年，四姨妈和我聊天，对我说："将来你结婚一定要找一个爱你的人，那样才会幸福！"四姨妈的这句话深深地印在我的脑海里。四姨妈患癌症去世前的最后日子是在我家过的，妈妈一直守护着她，亲眼看着妹妹去世，给妈妈带来巨大的打击。

八姨妈也是患癌症去世的，她和四姨妈的命运差不多，但八姨妈读过初中，也是姨妈中长得最美的。八姨妈只大我两岁，和姐姐同龄，因此我们没有代沟。八姨妈小时候特别照顾我们三兄弟。结婚后，她过得也不开心，后来在水泥厂工作很拼命，自家还开了一个煤球小厂。我觉得她患癌症与劳累有关，也与她心气高有关。我们家盖房子，八姨妈和七姨妈帮忙做砖，记得整整一个暑假她都在忙碌，每一次家里有大事，她总是最卖力的那个。七个姨妈里，八姨妈最要强，最懂事。外婆和妈妈都说过"老八心气太高"。八姨妈去世前，也是在我家过的。妈妈守着最小的妹妹，看着她离开人世，悲痛欲绝，身体一下子就垮了。我在外地工作，没有好好看护过八姨妈，现在想起来，心里好愧疚。亲爱的八姨妈，你在天堂里，一定会幸福。

五姨妈、六姨妈和七姨妈嫁得离我家也近。说起这几个姨妈，我清楚记得几件事。五姨妈出嫁时，年龄已经超过二十六岁了，这在当时的农村，真是晚婚晚育。但五姨妈、六姨妈、七姨妈的日子过得都很幸福。五姨父是医生，也是退伍军人，人很好，有耐心，对孩子尤其好，他很疼爱五姨妈，所以五姨妈过得特别开心，每次见到她，她总是笑呵呵的。五姨妈对我很好，记得上高中时，为了给我买一块手表，她到山上挖一种茎块中草药，竟然挖了一个夏天，换回了五十多块钱，给我买了一块手表。那时候，五十多块钱是普通工人两个月的工资，非常珍贵。可惜，这块手表被我弄丢了。但五姨妈的爱却留在心里，让我一直觉得温暖。六姨妈出嫁的时候，大家都很担心，因为六姨父家太穷了，只有两间空房子。但六姨父很勤劳，每天一大早就开着手扶拖拉机到永兴去拉一车煤回来，卖给需要的人，很快日子就好过了。有一次，我和表哥到六姨妈家里去，六姨妈把仅有的两个鸡蛋煮面给我和表哥吃了，还杀了家里唯一的老母鸡。多年后，我都在想：只有自己的姨妈才会对我这么好。七姨妈家里也很穷，但七姨父厚道、老实、爱干活，为了一家人的生活，他到处做砖瓦匠……现在七姨妈的一儿一女都考上了大学，日子也越来越好了。我们家有什么事，只要需要帮手，妈妈第一个就想到七姨父，他总是及时赶到，把事情做好。我女儿出生时，我正在攻读博士学位，团委工作很多，

乌石塘的孩子

还要参加各种社会活动和文学研讨活动，很忙碌，爱人也在攻读博士学位，七姨妈就主动提出来北京帮我带女儿。

我妈妈和我的七个姨妈出身平民家庭，完全靠勤劳和吃苦耐劳获得生活的资本。她们是典型的中国女人，坚韧、容忍、劳苦，也是最值得尊敬的人。我的成长，深受姨妈们爱的恩泽。我常常想，我之所以热爱生活，喜欢孩子，也愿意为孩子写作，可能就是因为我的童年很幸福，我的童心是被爱充分地温暖、呵护过的。

我的弟弟

　　我有两个弟弟，从小到大我和他们的感情很深。我们的手足之情，是难以用华丽的辞藻描述和形容的。

　　据妈妈说，大弟是早产儿，妈妈怀了七个月就生下来了，只有三斤四两，皮都皱皱的，放到手心里，都不敢碰，生怕伤了他，这在当时农村的医疗条件下，几乎不可能活命。但妈妈硬是想办法，把大弟养大了，而且变成了健康的孩子。小弟生下来时，据说是个胖小子，但妈妈说，小弟是意外生下来的。因为生完大弟后，妈妈不想再要孩子了，主要原因是我姐姐之前，妈妈生的三个孩子都早夭了，她的身心受到严重的创伤。姐姐小时候又患脑膜炎，住院好久，才捡回了一条命。这一次，家里的积蓄全部花光，妈妈的身心又一次遭受巨大的打击。所以我完全相信妈妈的话，她肯定不想再生小弟了，但当时怀了孕，爸爸说："万一是个女儿呢？"妈妈一想：有两个儿子了，如果添个女儿也蛮好，就决定生下肚子里的这个孩子。于是，小弟就来到了家里。

　　虽然妈妈说小弟是她不想生下来的孩子，但"奶奶疼头孙，妈妈爱满仔"，小弟一直受到妈妈的疼爱，甚至是溺爱。小时候，小弟非常淘气，常惹大家生气，但妈妈总是护着他，而且吃东西也尽量由着小弟。所以，小弟一直胖乎乎的，比我和大弟都高大健硕。小弟有一个外号，叫"猛子"。村里人口中的"猛子"，意思包括三层：一是指身体比较粗壮，比较胖；二是指做事比较鲁莽；三是比较淘气，不怎么听话，即不是"乖孩子"类型。小弟完全符合这三个特点。可能因为家里条件比较差，日子过得清贫，我们小时候特别渴望改变生活，渴望能够到好一点儿的学校里去读书。爸爸是个粗心的男人，虽然是教师，但并不特意给我们买书，也许那时候爸爸想得更多的是如何养活一家人吧。不过，我家里不缺书，爸爸妈妈年轻时爱读书，收藏了四大名著。还因为大姨父家里有书报杂志，我常可以去看，并且可以随意拿回家，所以养成了爱读书、读报刊的习惯。我小时候，有了点零花钱，舍不得到街上小吃店买豆腐脑、米豆腐、肉丝面等，却到新华书店里买了很多"小人书"和一些名家作品集。因此，小弟虽然不爱学习，在学校里总是吃"大鸭蛋"，但在我的影响下读了不少书，脑瓜子挺机灵的。

大弟因为早产，体质弱，小时候一直黑黑瘦瘦的，给人的感觉是长得慢，但性格很好，不爱生气，是家里最乖的孩子。大弟特别听爸爸妈妈的话，五六岁时就跟着我在家里烧饭做菜、煮猪食、喂猪。到了七八岁，长高了，他又去打猪草、放牛、

捡牛粪。大弟做事很专心，很麻利，只要他一出门，要么带一篓猪草回来，要么带一箕牛粪回来，要么挑一担柴草回来，要么摸一篓子鱼虾回来。妈妈去田地里干活，也喜欢带着我和大弟，我们拔草、种菜、施肥，样样活儿都会干，而且像给南瓜授粉这样的技术活，一般也是我和大弟做的。现在想一想，大弟真是一个沉默、坚韧的孩子，几乎不挑剔，从没为吃的喝的吵闹过。中秋节吃月饼了，他拿到最小的一块也不哭不闹。妈妈总是说大弟最靠得住。妈妈的话说得很对，知子莫如母。大弟初中毕业，去卫校上学，学的是中医，当时，他就立志要治好妈妈的病，让妈妈活得长一些。妈妈大概是四十岁时就查出了癌症、肝硬化，却活到了六十六岁，我觉得有大弟的功劳，因为妈妈的身体都是他在照顾。

　　小弟小时候很淘气，学习不好。在学校里是出了名的淘气包，常有老师说他笨。其实，小弟机灵、反应快，只是家庭环境的原因，没有让他养成一些耐心和定力，所以到了小学、初中，他无法适应枯燥的学习和考试压力，这让爸爸很头疼。在学习上，我一直很优秀，尤其是小学、初中，总是第一名，爸爸妈妈免不了要拿小弟和我比。小弟很早就被认为有叛逆精神，在家里不太听爸爸妈妈的话，在学校里不太听老师的话。我觉得不能全怪小弟，主要原因还是农村教育环境差，那时候，有几个孩子会喜欢上学、爱读书呢？小学时，老师动不动就体罚或者打骂学生，这些我都经历过。我的小学同学有五十多人，只有我一个人考上了大学。村里两千多户人家，1978 年以后，我是第一个考上本科的，算正儿八经的大学生。其他的孩子考不上初中、高中、大学，怎么办？或者在家种地，或者出门打工，还是少年就得为谋生而奔忙。小弟学习成绩不好，但因为读了不少课外书，尤其是受我的影响爱写作，后来发表了很多文章，出了几本书。这让我感到欣喜。

大弟的学习成绩一直是中等，但他从卫校毕业后，在家开私人诊所，做乡村医师，做了很多好事，治病救人，不计报酬，受到很多好评，在村里很有威信。他的生活比较平稳。但小弟的生活却有几个大波折。他读了文秘专业（中专），毕业后，找工作很难。他先是做乡村代课教师。别看他小时候读书不怎么样，但他很孩子气，和小孩子很玩得来，很受学生喜爱。后

来，水泥厂招工，小弟就去了，他在一线班组里干活，非常卖力，被提拔当了组长，后来又做了车间主任，再后来，做了厂办主任和生产副厂长。按说，他这么顺利，应该好好工作，再谋高职。当时水泥厂是县里最大的企业，也是最大的纳税户，很有发展。但在国有企业改制过程中由于经营不善，水泥厂相当于倒闭了。小弟只好悲愤离职，去了广东佛山。小弟先是在几个水泥、陶瓷企业里做运营、营销之类的工作，又苦又累，渐渐地，他靠着自己的毅力、干劲和才能，赢得了大老板的欣赏，于是，他立足了，在大陶瓷企业里做了人力资源高管。他的收入高了，生活好起来，买了车，买了房，两个孩子也茁壮成长。最可贵的是，小弟在繁忙的工作之余坚持写作，写散文、写诗，还写新闻报道，发表了很多作品，也成为"打工文学"的一个代表人物。前年，"五一"劳动节的时候，北京青年报、新华网等上百家媒体还专题报道过他的创作经历及成果。

小弟的诗和散文写得很好，他写了描述乡村习俗生活的系列散文，特别感人，也有文化气息。我有些奇怪，他在老家过得并不好，学习、成长及工作中遇到了那么大的挫折，但他对老家仍然感情很深，为家乡写了很多好文字，可以说他的很多散文都是老家安仁的免费广告。小弟的散文立足于乡土，但又不是一般的乡土散文，而是带着文化气息，有些诗意和思考，赢得了不少读者的喜爱，一些文学界的师友认为他的散文写得比我好。我从没有故意吹捧过他，也没有刻意推荐他进入文学圈子。有一位老师读了小弟的作品，对我说："旭东，你小弟的作品写得真好。你应该拉一把，让他在文学圈子里有个名分。"我说："传统的文学圈真的没有意思，就让他成为真正遵从内心来写作的业余作家吧。"我觉得小弟做到了这一点。

大弟是我们三兄弟里结婚最早的，可能是因为他在爸爸妈妈身边的缘故吧。现在，大弟的大儿子大学毕业，已经工作了。二儿子和我女儿同岁，也读了初中。小弟结婚也不算太晚，他也有两个孩子，儿子明年就要高考了，小女也即将读小学了。

我们一起度过的童年有很多温暖的故事，等我有了空闲时间，得好好写出来。有时候我想，童年是最美好的，就是因为我有一个温暖的家，有朴素坚韧的父亲和慈爱宽厚的母亲，还有姐姐和两个弟弟。

在都市里生活、忙碌，有时候我真想回老家，因为老家有老屋，有亲人，还有亲情。

这几年，我忙来忙去，打给弟弟的电话都很少。但我知道，亲情永远是心灵的家，是漂泊的寄托。

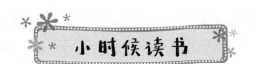

小时候读书

我出身于乡村教师家庭，小时候，家里书不少。在很多同龄孩子不知道什么是"课外书"时，我已经吸收了很多文学经典的营养。尤其是初一、初二时，阅读了大量的中外名著和当时国内最有名的文学作品。

有几件事至今还记得。一件是读"四大名著"。记不清楚，到底是什么时候我们家里有《水浒传》《红楼梦》《西游记》和《三国演义》的，好像是小学三年级时，有一天我翻家里的衣柜，发现最底层叠放着的棉衣下面有几本厚厚的书。我很好奇，就拿出来翻看，原来是《三国演义》和《水浒传》等，当时，很怕爸爸妈妈知道会批评我，就偷偷地拿出了一本《水浒传》。我看得很入迷，书里面的好汉打打杀杀，酒量都很大，虽然很暴力，但他们行侠仗义，我心里很佩服，觉得小说里的好汉武功都这么高强，真厉害，是英雄。读完《水浒传》后，我又去衣柜里翻出了《西游记》，它是最吸引我的小说，孙悟空、猪八戒的形象非常活泼，也很风趣，他们的历险满足了我的好奇心。当然，后来我特别喜欢买"西游记连环画"也与喜欢《西游记》有关。读《三国演义》的感受有些记不太清楚了，好像觉得没有前面两本那么有趣。不过，《红楼梦》读起来真是半懂不懂，不知道这些人在大观园里干吗。可能因为当时我年龄太小，加上《红楼梦》里的诗词多，而且不能理解的词语也多的缘故吧。最主要的恐怕是《红楼梦》里所描绘的男女关系与爱情，小小的我对此一点儿也不感兴趣。读"四大名著"是偷偷读的，不过，后来还是被爸爸妈妈发现了，好在他们没有生气，默许了我对课外书的兴趣。另一件事是读《三国志》，好像是初一时。那时爸爸调到另一个乡中学教书，我也跟着去了。不知道他从哪里弄到了一本很旧的《三国志》，是繁体字，竖排的，要从后面往前面翻。我一下子被吸引住了，感觉比读《三国演义》有味道。记得当时作业多，白天没有空闲时间读，晚上还要参加统一的自习课。只有回家睡觉时，才能躲在蚊帐

里读。因为爸爸要我按时睡觉，关了灯，我只能打着手电筒，在被窝里读完了《三国志》。读这本书，让我认识了很多繁体字，后来，有很长一段时间，只要遇到了繁体字的旧书，我都能顺利读完读懂。

还有一件事，值得和大家分享。我读初中时，已经是"文革"之后，进入"伤痕文学""反思文学"和"改革文学"的时期，国内各类文学期刊发行量都很大，而且社会上掀起了一股文学热，新华书店里的诗歌、散文、小说只要一到货，很快就会卖光。爸爸妈妈给我的零花钱，我都用来买书了。因此，新时期的著名作家王蒙、韩少功、刘心武、何世光、蔡测海、史铁生和梁晓声等人的第一批文学作品我几乎都读过，而且还保存过。《人民文学》《青年文学》和《诗刊》等，我都读过，外国文学作品也读了很多。可以说，初一初二时，我疯狂读书，把当时能够读到的中外名著名篇差不多都读完了，虽然不一定都理解，但那种对文学名著狂热的爱，至今难以忘怀。经常有人问我，是什么引领我走上了文学道路，可能小学和初中的阅读才是我文学的启蒙吧。

有人问我读书有什么方法，回忆自己的童年和少年，我只能说，那时候读书真的没有什么方法，就是爱读，读了很多，甚至有一些是囫囵吞枣，但没关系，因为读书是一种潜移默化的熏染，文字养心，文字也启智。读得多，自然对文字感悟深，理解力也强一些。所以，读书是一件当时看不见效果，但越往后越觉得很有力量、很有用的事。

小时候读书，也不可能讲究什么方法。那时候，生活在乡村，爸爸妈妈整天忙忙碌碌的，家里有这么多孩子，根本不可能像今天这样照管孩子。他们无法指导我和弟弟们读书。因此，我读书，几乎是遇到什么书，就读什么书。幸运的是，我一开始读书，读的就是名著。一开始爱上读书，也是因为名著。而且，我的读书是自发的，不是被爸爸妈妈逼迫的，也没有其他老师和长辈给我做什么推荐和指导，这反而锻炼了我的自觉性和判断力。

现在书有很多，购书也容易，还出现了网络书店，一点鼠标就可以完成选购。足不出户，就能了解书市书情，选择面也宽了很多。但很多孩子读书，都不是自愿自觉的。而且他们一开始读书，就被流行的快餐读物给吸引了，等到有了判断力，想读名著的时候，已经没有了读书的心境。这是很可惜的。

小时候读书，无法估量它有多重要。但爱读书，读好书，童年一定快乐，少年一定烂漫，人生一定丰满。

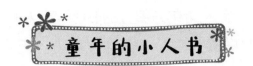

童年的小人书

　　童年最爱读的书是"小人书"。"小人书"，实际上是一种很传统的连环画图书，大人们觉得这是专门为小孩子制作的，而且书也确实很小，所以把它称为"小人书"。

　　说起"小人书"，我特别感激妈妈和爸爸。那时候家里很贫困，爸爸的工资非常微薄，差不多只够养活他自己。我们四个小孩子，基本上是靠妈妈辛辛苦苦挣工分养活的。为了多挣生产队的工分，妈妈总是早出晚归，参加队里的各项劳动，经常是男劳力干的活，她也照干不误。而且妈妈是赤脚医生，还要负责给方圆十里几个村子里的产妇接生。所以，每到年底生产队按照工分的多少分粮食时，妈妈总是会比队里其他的劳动妇女的收获多一倍。

　　不过，在我的印象里，尽管妈妈从生产队里分的粮食多，但我们家还是不够吃。全家六口人，再加上人情往来，这么多的生活开销，光一个劳动力怎么能够完全养活呀！所以，爸爸常常会在周末回家时，到很远的山上去砍柴，或者去自留地里种菜。而妈妈呢，还会到山上采一些草药，晒干后，卖了就可以换来一些零用钱。有了一点点活钱，爸爸妈妈就会挤出几毛钱或块把钱，给我和弟弟去镇上的书店买小人书。

镇上的新华书店不大，就在中学旁边，不过，里面的文学书很多。鲁迅、冰心、艾青以及雷抒雁、鲁之洛、李少白等作家的作品集、诗集、散文集都有。现在我还保留着雷抒雁的诗集《父母之河》和李少白的儿童诗集《捎给爱美的孩子》，这两部作品使我小学时就爱上了诗歌，并偷偷地学习在作业本上写一些小诗。书店里最多的当然是"小人书"，如《东周列国故事》《春秋战国策》系列，还有《铁道游击队》等，这些"小人书"人物形象生动，一般采用的是手绘线描，很受小孩子喜爱。那时候也出版了少量由电影电视改编的"小人书"，如日本电视连续剧《血疑》，不过那些书里的图画就是电影图像，和手绘的比不了。我和弟弟有时候也会买几本这样的"小人书"。那时候绝大部分家庭没有电视看，而且很多人也买不起"小人书"，所以阅读"小人书"是一件很奢侈的事情。记得上小学时，谁要是带了一本新的"小人书"到学校去，立刻就会被大家围住。于是，一本"小人书"会被同学广泛传阅，往往当这本"小人书"的主人再拿回来时，书的封面已经稀巴烂了，很多内页也缺边少角了。

因为很多小孩子都爱看"小人书"，赶集时，你就会发现，街道旁常有人摆"小人书"书摊。这些"小人书"书摊上的书是不卖的，摊主在地上铺上几张旧报纸或旧塑料布，然后把一百多本"小人书"一一摆在上面，如果你愿意掏两分钱，就可以坐在旁边，翻阅一本"小人书"。有几次，我和妈妈去赶集，就问妈妈要了四分钱，坐在"小人书"摊边的石块上，很过瘾地看了两本《水浒传》。

有一个暑假，大弟跟着妈妈去了集市，看见了"小人书"摊，回家就对我说："我们也可以摆书摊挣钱！"于是，我们就把家里的一百多本小人书，全找了出来，然后兴高采烈地挑着来到了十里外的集市，也摆了一个"小人书"摊。可惜，我们运气不好，在烈日下守了一天，只有十来个小朋友租书看，

我和弟弟总共得了两毛四分钱。你想想，那两毛四分钱只够两人中午买两碗米豆腐。晚上回到家里，我和大弟又饿又累，心情特别沮丧，尤其是大弟气得直挺挺地躺在床上，妈妈拉他吃晚饭，他也不起身。

不过，那次摆"小人书"摊，虽然没有赚到钱，但锻炼了我们的胆量，也让我和大弟初次尝到了小镇上生意人的艰辛。

你如花烂漫

江苏《少年文艺》创刊四十年了，这份刊物给我留下了很多美好的记忆。

和江苏《少年文艺》的交往已有整整二十年。第一次认识它，应该是 1996 年的时候，那时我还在华东冶金学院教英语。学校在马鞍山，就在南京隔壁，和江苏《少年文艺》编辑部离得很近。学校大门斜对面的街角有一个报亭，我常去逛逛，买一些杂志。有一天早上，我去报亭看看，正好碰上新到了一些杂志，里面就有《少年文艺》，十六开本的，封面很清新、纯美，就拿了一本翻阅。报亭老板说："这种杂志一到，没两天就卖掉了。"我有些奇怪，就问："这么好卖？每期你订几份啊？"老板说："二十份。"我笑了，说："既然好卖，为什么不多订些？"老板说："我怕订多了，会剩一两份。做我们这一行的，每种杂志剩两份，就划不来了。"那一次，我买了一本《少年文艺》，回到宿舍认真一读，发现里面的小说、童话和诗都很好，别开生面，与我之前读的《人民文学》《大家》和《青年文学》等杂志大不一样，而且我还惊讶地发现，自己

有些小诗，还挺适合此刊的。当时，我就想：自己也可以尝试写一写适合少儿读的作品。

于是，我翻出了自己以前写的一些诗，挑了几首，又写了一首六十多行的《十六岁的歌》，抄在方格本子上，投给了《少年文艺》。没多久，就收到了编辑的回信。信里的内容大致是：大作《十六岁的歌》拟用，请勿投他刊；另请寄来个人简介和照片一张。这令我既欣喜，又惶恐。《少年文艺》毕竟是很有名的刊物，编辑如此厚爱，竟然要刊登我的长诗、照片和简介！

又过了一段时间，我收到了《少年文艺》的样刊，上面的诗歌栏目里，整页印上了我的长诗，还有黑白照片和简单的个人介绍。后来，我知道了，给我写信的编辑是章红老师。《十六岁的歌》这首长诗被读者评为《少年文艺》杂志1996年优秀作品，1997年第1期封面上，刊出了几位年度优秀作品的作者的照片，我的照片第二次上了该刊。

在《少年文艺》发表作品后，我与该刊编辑的联系渐渐多起来，也认识了当时的主编章文焙老师，还有沈飙老师。当然，我的小诗、长诗也陆续在该刊发表。记得章文焙老师给我写信说：你是大学英语老师，可以选一些外国精短名诗，加上点评，给我们刊物开一个"名诗欣赏"的小专栏。于是，整整一年，诗歌栏目的后面都会有"小诗欣赏"。另外，好像是1999年或者2000年，该刊连续刊登了我七八首长诗，这给了我极大的鼓舞和荣耀。

与江苏《少年文艺》的交往，有几件事回忆起来，很温馨，也很有意义。第一件事是我第一次去南京，到湖南路去拜访各位编辑。那天午餐是沈飙老师请客，带我去附近的一个小馆子。沈老师为人实诚，是兰州大学中文系的高才生，他给我讲了一些对儿童文学的看法，具体内容记不住了，但对我启发很大。第二件事是我曾经给章红老师写信，让她留下我的稿费，然后订份刊物捐给贫困少年。章红老师按照我的要求做了，还请我给读者写了几封回信。这件事后来有了很奇妙的结果，十多年后，接受我捐刊的那位读者竟然通过新浪微博和我联系上了，他表达了对我的感谢。第三件事是 2002 年，当时我已经来到了北京，在北师大读研究生，章红老师来北京接受中央人民广播电台的专访，我们在北京见面，一起吃了饭，喝了咖啡。章红老师接手做了一段时间的主编，刊物风格变化很大，主要是刊登少年作品，我虽然很少投稿，但很关注。第四件事是 2011 年，全国儿童文学创作会议在南京召开，我见到了已经担任江苏少年儿童出版社副社长的章文焙老师，她一眼就认出了我，让我欣喜若狂。那一次，也见到了时任主编沈飚老师，现任主编田俊老师和编辑赵菱老师等，我向沈老师建议恢复年度优秀作品奖的评奖，沈老师认为很好。章红老师已经转到江苏少年儿童出版社文艺编辑部工作，还送了我一套她写的儿童小说，她鼓励我写儿童小说，我知道她开始关注家庭教育。第五件事是年轻的沙群老师还在刊物实习时，就给我做了一个专访，也使我知道了江苏《少年文艺》每月已经发行四个不同的版本，读者面扩大了很多，社会效益与经济效益双丰收，这是很令人振奋的。第六件事是前年春节前夕，沈飚老师来北京，特地到家里来看我，鼓励我坚持做儿童文学创作和研究，不要怕别人的诽谤和排挤。沈老师给我女儿带了一个他从日本买来的小玩偶，还给我带了茶叶。那次，我和老臣兄陪着沈老师一起爬了八大处，还大喝了一场，老臣兄喝醉了，极少喝酒的我也面红耳赤。我和江苏《少年文艺》诸位编辑认识这么多年，他们给我这么多的鼓励和支持，我从没想到给他们送点什么，沈老师这么热情，让我感觉很愧疚。沈老师是江苏《少年文艺》的真正元老，他非常敬业，为人憨厚而睿智，编刊编到白发苍苍，可敬可佩。第七件事是江苏《少年文艺》一直给我赠刊，让我了解刊物情况。说实在话，我很少给诸位编辑老师打电话、写信和问好，算是很不礼貌的作者。但这也证明我与江苏《少年文艺》是君子之交，编辑们一直关注我这位老作者，我们之间的友情淡淡如花香，纯正、美好。

我是由诗走向儿童文学的，江苏《少年文艺》在我的文艺转型之路上，起到了关键性的作用。我是从大学时代开始写新诗，结识它时，我已经在新诗界小有名气，出版了几部诗集，也常在各种诗歌刊物露面，偶尔还写点诗歌评论，算是有了一定的方向。但还不懂儿童文学，也不知道还有儿童文学这个领域。自从认识了它，我开始写儿童诗，知道有儿童文学这个园地。江苏《少年文艺》刊登我的《十六岁的歌》是我自觉地为儿童写作的一个开始，从此，我逐渐地专心写儿童诗，在《儿童文学》、上海《少年文艺》《少年月刊》和《小学生拼音报》等几十家报刊发表了大量的儿童诗，接着我又尝试写童话，写其他各类儿童文学作品，包括做儿童文学研究，至今出版了近一百部个人作品集。因此，江苏《少年文艺》是我成长之路上的良师益友。

　　江苏《少年文艺》很有特点，与北京的《儿童文学》和上海《少年文艺》相比，它创刊时间短，但社会影响力与文学地位却一点也不亚于它们。从我认识它开始，它就以扶持少儿作者为重点。它的定位很准，主要是针对少年办刊，所以初中、高中的读者很多，而且吸引了一大批少年作家来投稿。编辑们很有慧眼，能够迅速从众多少年作者中发现新苗，及时扶植、鼓励、推动，彭学军、饶雪漫、伍美珍、牧铃、老臣、薛涛等众多作家，都是从这里起步的。还有现在该刊做编辑的田俊、庄舒眉、顾抒、邹抒阳、赵菱等也都是从这里走上文学创作之路的，尤其是赵菱，近几年儿童小说的创作势头很好，令人瞩目。而且江苏《少年文艺》所刊儿童文学作品都是经得起推敲的，艺术性强，可以说是中国纯美儿童文学创作的风向标。这大概也与编辑们的专业素养有关吧，老一辈的、新一代的各位编辑老师们都会写会编，人品文品均好！

　　时间如流水，从一个爱诗写诗的文青到一个儿童文学的大叔，江苏《少年文艺》陪伴我二十年，这是多么美好的经历，是文学之缘，也是爱的牵手。

　　江苏《少年文艺》创刊四十年了，还处于生命力最旺盛的时期。相信，它还会如花烂漫，如树娉婷，给很多文学的寻梦者以爱、以美，以希望、以理想！

那颗闪亮的小星星

在我书桌的右侧放着一本杂志，是《小星星·作文 100 分》的小学版 7—8 期合刊，封面是蓝色的背景，一位女孩子赤脚坐在海边看着远方的风景，海鸥在空中飞翔，她的后边，也远远立着一个女孩，提着书包，好像若有所思。

《小星星·作文 100 分》不仅封面漂亮，给人深刻的印象，它的内容也很好。每期不但刊登孩子们的习作、名家的作品，还有一些一线语文老师教作文的短文。它把阅读、写作和教学结合起来，对孩子们进行周到的作文指导。我很喜欢这份刊物，也和它结下了深厚的感情。

大约八九年前的一天，我接到了闵容老师的电话，她约我给《小星星·作文 100 分》小学版写点东西。她说，刊物上有一个名家栏目，我可以写些散文给孩子们读读。而且她还请我给孩子们的习作做一些点评。她寄来的刊物印刷精美，内容有针对性，是孩子们学习的好帮手。我当然支持，于是，我开始给它写稿。后来刊物上又开了一个指导孩子们写作文的专栏，每一期都介绍一位小作家，我不但写点评，还写点指导作文的短文。据闵容老师说，孩子们很喜欢这个栏目，于是，我连着做了三四年。

后来，闵容老师岗位调动，到出版社编幼儿图书了，于是由杨颖老师和我联系。虽然未与她见过面，但知道她参加工作不久，对编辑工作很热心，很认真。在她的信任下，我接着在《小星星·作文100分》的小学版上开小作家专栏，还不时点评一些其他的习作。每次拿到样刊，看到上面自己的文字，我非常开心。杨老师还非常细心，好几次在专栏里为我配上照片和个人介绍，于是，虽然我和这份刊物的编辑老师们不曾谋面，却也因此暴露了真容。有一次，我把诗集《夏天的水果梦》寄给杨老师，她竟然在低幼版上做了连载。于是，低幼版有十二期的封二上都刊有我的一首小诗和美丽的插画。这是很荣幸的事。童诗能够连载，多有意思呀！一般的少儿刊物是不会也不敢这么做的！

还有一次，大概是四年前，我把女儿低年级写的习作通过电子邮件，发给了杨颖老师。她收到后，很快告诉我："可以发在低幼版上。"于是，女儿的文字和爸爸的文字同时亮相了！我无意让女儿成为小作家，希望她的能力能够全面发展。但幼小时练笔就能得到一份刊物的关心，那自然是一生的美好记忆。现在，我女儿的作文在多家报刊发表，还成为一些儿童文学刊物专栏介绍的小作家，这与《小星星·作文100分》的鼓励和

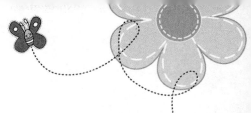

帮助是分不开的。这份刊物也是我女儿最爱读的，她多次对小朋友们说："这份刊物对提高作文水平最有用！"有一次，看到她在入神地读，我开玩笑地说："这刊物怎么让你这么着迷？"女儿说："上面的文章好，我可以学习学习。"

这两年，除了给《小星星·作文100分》的读者写过寄语，我几乎不写专栏和点评了。但每期还收到赠刊，还能看到熟悉的老师们的名字，还有其他一些熟悉的师友的短文。

《小星星·作文100分》是一份踏实的刊物，它清新纯正，一点也不花哨，却给孩子们一片练笔的空间。我欣赏它，是因为它有内涵，也因为它有值得信任的编辑。我也很喜欢它的名字。小星星，多么富有幻想的名字。小星星，是美好的精灵，它是需要我们抬头看的，也是需要我们张开想象的翅膀，才能摘得到的。

《小星星·作文100分》，你是一颗明亮的小星星，召唤孩子们去想象，去创造，去用文字堆砌美丽的故事城堡。我喜欢你，可爱可敬的"小星星"！

家乡的滋养

　　离开家乡二十多年了，每次回到家乡，总有很多话要说，总想做点什么，但能力有限，想为家乡做点有意义的事，并不容易。

　　县文联琼林主席约我写篇文章,谈谈乡土文化对我的影响。这一下勾起了我很多回忆，也让我重新思考家乡给我的滋养。

　　我的老家就在平背乡朴塘村乌石塘组。小时候很好奇，为什么我家那个村叫朴塘，我家那个组叫乌石塘。问了爸爸妈妈和一些老人，没有谁能清楚地说出朴塘的来历，而乌石塘的故事，只知道一点儿。有一次听人说，乌石塘本来叫乌蛇塘，里面有很多乌色的水蛇，因为当地的土话里，蛇和石都发音为"shā"，所以就变成了乌石塘。还有人说，我家老屋前那个大水塘里，有一大块乌石，所以叫乌石塘。乌石塘是小村里几口水塘之一，但离村里人家最近，因此，它的地位好像分外重要。夏天，我们常在乌石塘里面洗澡、摸鱼；冬天，乌石塘里的鱼长肥了，村民们会把它的水放干，捞出很多草鱼、鲤鱼和鲫鱼，家家户户分半桶，过年也就有鱼吃了。

我家所在的村民小组，过去一直叫生产队，就是一个小山村，背靠峦山，山上长满了马尾松、樟树、杉树、橡树，还有很多其他的树木，常有獐、麂、野狼和野猪出没，野兔尤其多。一年四季，在山上都可以找到吃的，比如野草莓、橡子、栗子、茶耳等等。老屋就在山脚下，面朝水稻田，背靠山脊，门前还有一棵老枫树，视野开阔，据说风水很好。有人对我父母说，我之所以能成为村里第一个大学生，走出小山村，就是因为我家风水好。我虽然不赞同风水决定论，但小村的山水养育了我，对我有恩泽呀。很有意思的是，小村里各家差不多都沾亲带故，甚至有直接的血缘关系。外婆和我家在一个村，两家距离大概五十米左右。外婆家的屋后，也有一棵大枫树，就长在外婆的自留地里，它是目前我们村里最古老的一棵树了，估计得十来人才能合抱。外婆去世后，我成了她财产的第一继承人，因此，大枫树和它周围的自留地也就成了我们家的财产了。大枫树有三个喜鹊窝，这几年我很少回老家，也不知道枫树上的那三个喜鹊窝还在不在，但大枫树依然生机勃勃，我是知道的。外婆在世时，很敬重大枫树，把它当作很神奇的存在，每逢初一、十五，都要在大枫树下点香；过节的时候，还要在大枫树下放祭品，祭奠先祖和土地爷。她对我们说：大枫树是有灵魂的。也许是外婆的言行影响了我，我从小就崇拜大自然，尤其是大树、古树，总觉得它们就是绿色的神仙，是神圣的自然精灵。

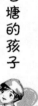

　　家乡安仁县地处罗霄山脉与五岭的交接处，虽然没有大江大河，但山川秀美，人杰地灵。宋代时这里就建县了，杨万里、秦观都有诗词吟咏，还有岳麓山山主欧阳厚均等等。抗日战争时期的衡阳保卫战中，在安仁也发生过重大战役。安仁还是抗战时期国民政府衡阳市办公所在地。平背乡属于多山区，朴塘村的风光很朴素、清新。小时候，我喜欢大自然，喜欢那些小鸟，和弟弟一起养过八哥，养过鸽子，养过兔子，还养过小麻雀；也养过很多种花草，种过很多树木。这与家乡的自然风景有关，绿色的环境给了我很多遐想，让小小的我有了纯净的童心和很多美好的幻想，也培养了我的环保意识。后来，我爱写诗，也爱儿童文学，并且关注自然文学，恐怕与家乡绿色天然的环境有直接的关系。

老家民风淳朴，有很多古老的习俗。这给我的童年带来了很多欢乐，也对我的一生产生了很深的影响。比如说，老家过年，就和别的地方不一样。大年三十夜里守岁，一家人围坐在火塘边，一边烤火，一边聊天，一边吃着猪肉米粉，吃着油炸的麻花、油枣，嗑着瓜子、花生，温暖幸福。大年初一，村里人自发组织起来，敲锣打鼓，舞龙灯、狮子，很是热闹。父亲兄弟五个，还有一个堂叔，家族成员很多，往往是一过年，我们堂兄堂弟合在一起，就可以组织一个很职业的戏乐班子，既可以敲锣打鼓，可以舞龙灯、狮子，还可以表演武术。我上大学时，寒假回家，还参加过这种活动，打过钹，敲过鼓，还舞过狮子，算是一个多面手。小学时，我学了一个冬天的武术，但后来手脚笨了，不会表演了。元宵节，也很有特点。家家户户都要磨些江米和糯米，用水和在一起，揉搓得很软后，一家人一起琢鸡婆，也就是前面所说的米塑，用揉好的米粉团来做小鸡小鸭和各种家畜，以期待新年五谷丰登。米塑可以观赏，也可以食用。做好的米塑放在蒸笼里蒸熟，就可以吃。小时候，外婆和妈妈都很重视元宵节，每一次都要琢鸡婆、吃元宵。我对琢鸡婆特别感兴趣，每次都会捏出神气活现的小鸡、小鸭、小猪、小牛，外婆和妈妈都夸我最机灵。家里做的元宵和北方的汤圆是不同的，虽然外形都是圆圆的，但是油炒出来的元宵，味道又甜又香。自从离开家乡，到外面大学教书，满世界跑，就没有在家里过过元宵节，也没吃过家里的元宵了。现在很想吃一次，但让我伤感的是，外婆和妈妈都去世了。小时候，外婆和妈妈总说我手巧，所以每次端午节包粽子，元宵节搓元宵、炒元宵，我都是主力呢。这是工艺活，培养了我的艺术美感，是我最初的艺术启蒙。

　　我的艺术细胞也可能来自家传。我的妈妈心灵手巧，是非常能干的女人，做"赤脚医生"为别人接生时，长年累月得不到休息，但她接生从来没有让一个小生命有过闪失。她纳的鞋底、编制的围脖，都是非常精美的，现在我还保存着妈妈纳的几双鞋底。父亲是一位中学教师，教初中数学，同时他也是一个很优秀的木匠，他没有拜过师傅，完全是自学。那时，乡村教师工资低，没法养活一家人，所以父亲会在节假日做木匠，挣点手工钱。小时候他做各种家具时，我都在一边做帮手，也学会了雕雕刻刻，印象最深的是，我曾协助父亲帮人做过几张宁式床，我负责雕花。

　　家乡民风淳朴，人情浓郁。小时候，村里的人虽然也会发生一些因为琐事而吵架斗殴的事，但邻里乡亲之间更多的还是互相照顾，互相体谅。村里谁家杀了一头猪，往往会把猪头肉、猪杂碎和猪血等熬成一大锅汤，挨家挨户地送上一碗。粮食青黄不接时，谁家做了野草饼，也会互相送一点。谁家吃饭，小孩子去蹭点吃的，都没有问题。大伯、大叔、大婶们读书很少，甚至是文盲，但都很朴实，很本分，很勤劳。他们坚守土地，日出而作，日落而息，过着标准的农民的生活。

地域文化养育人，家庭环境也熏陶人，我的血脉里流淌着家乡的文化元素，也蕴含着父老乡亲质朴的品质。有家乡山水和文化的滋养，有父母的教导，还有自己的感悟和学习，我很自然地走上了文学的道路。

安仁花事

　　家乡安仁县的"油菜花节"是一年一度的盛会，不但展示了老家秀丽的风光，也展示了老家人勤劳俭朴的民风。如果不是生活在安仁，或者亲自观赏过安仁油菜花的朋友，是想象不出那里的油菜花有多么的美丽。

　　今年回老家，我参加了熊峰山国家森林公园的开园典礼，同时还参加了县里举办的书画展览等活动，自然也有幸观赏了老家的油菜花。离乡返京前一天，天下了点小雨，县文联主席李琼林、作协主席阳启明和堂兄谭湘豫等诸位兄长、文友说要带我去看油菜花，一大帮朋友分别乘坐两辆小车，来到了渡口乡。那里有壮丽别致的丹霞地貌，油菜花遍布在丹霞岩之间山凹中的地里，让人享受到了大自然的芬芳气息。

走在丹霞岩上，从岩上俯瞰一块一块的油菜花田，感觉它们就像是一片一片彩色的画布，被大自然的妙手缝接在丹霞缎锦之上。我们把车停在路边，一个个踏进了田埂。天下着小雨，我们没打伞，在油菜花中漫步。举目望去，翠绿的油菜叶，金黄的油菜花，一条条田埂，还有一栋栋朴素的青砖黑瓦的民居，构成了一幅清雅秀丽的风光画。在都市水泥森林里久居的我，更是感觉世界分外新鲜明媚。我一边走，一边观赏，一边深呼吸，感觉五脏六腑都受到了洗礼。油菜花田，近看是一个整体，远看好像是一块块的黄花布被绿线缝在一起，因此，颇有手工布艺的味道。我和李主席等几位朋友一起站在花田里拍照片，留下家乡彩色的气质，也记录着我们之间珍贵的乡情、师情和友情。

观赏老家安仁的油菜花，感觉它最大的特点就是自然清新、超凡脱俗。安仁是一个人口小县，不到五十万人，却是一个农业大县，物产丰富，有水稻、烟草、茶叶、生猪、竹器，还出产大量的山珍，以及菜籽油和茶子油等。堂兄谭湘豫是学农的，他担任过农业局局长，向我介绍了一些油菜花的知识。安仁的油菜花景色与外地的景色相比，并不一样。安仁的油菜花田，不但有山林和溪水映衬，也有地方特色民居的陪衬。

　　离开宁静秀美的田野，告别油菜花，我突然想对它说：油菜花，亲近你，就是亲近家乡；握住你的一片叶子，就是握住了父老乡亲的手啊！

乌石塘的孩子

迷人的熊峰山

2016年春分时节，应家乡安仁县文联李琼林主席的邀请，我回了一趟老家，参加了安仁县的传统民俗文化节日"赶分社"的系列活动。这次活动，内容丰富多彩，有春分节药品展会、油菜花节和熊峰山国家森林公园开园典礼。

老家安仁县是一个革命老区，湘南暴动和秋收起义都在那里留下了很多人物事迹和故事。据最新的资料显示，安仁县成立了最早的苏维埃政权，而且是农民革命的一个重要策源地。安仁县之所以有如此革命传统，与它的地理位置有关，它位于湘东南，地处罗霄山脉和五岭的交汇处，多山多水，民风淳朴，是湖湘文化和闽南文化、岭南文化的交叉地带，历代以来，又多有文化人士的影响，因此，容易接受新鲜事物，出了各路人才。如担任岳麓书院山长二十六年的欧阳厚均，就是安仁名士之一，晚清重臣曾国藩就是他的弟子。开国中将唐天际，曾率安仁农军参加秋收起义，新中国成立后担任解放军总后勤部副部长，是军中"文武双全"的将军，上马挥戈，下马挥毫，也是鼎鼎有名的大书法家。还有现代雕塑家周轻鼎，是民国时期国立杭州艺专雕塑系的创始人。当代陶艺家周国桢，是周轻鼎的侄子，他是声名在外的江西景德镇陶瓷学院的教授。我从小在安仁长大，对安仁文化虽然不太了解，但浸没其中，自然受到影响。可惜安仁的诸多秀丽风景，我却没有很好地观赏。一是因为小时候，家庭条件有限，没有经济能力承担车船费；二是因为那时候，安仁很少宣传自己的形象，我们虽然长在安仁，但是对家乡的人文地理并不熟悉。后来，离开老家，在外地创业、成家，我开始关注老家的状况，也和安仁的乡贤有了更多的联系，才知道，老家安仁山清水秀、风光美，它不但有深厚的历史人文底蕴，更有堪与国家一流风景媲美的山水。

乌石塘的孩子

这次回老家，得到县里有关领导的厚待和安排，我参加了熊峰山国家森林公园开园典礼并坐在主席台上，亲自见证了这颗湘南明珠被众人发现后的喜悦。说实在话，此前，我听说过

熊峰山，知道它位于清溪乡、排山乡和排楼乡的交界处，离县城只有十多里路，而且永乐江和莲花江蜿蜒穿过，山上森林茂密，山下溪流潺潺，永乐江流过的这一段，被称为"小三峡"，湖光山色，分外迷人。家乡的名人、也是《湖南日报》的著名记者谭涛峰老师得知我回乡，也驱车赶到安仁，在开园典礼的前一天，他约上县政府办公室的曹小聪，开车带师母和我来到了熊峰山。我们穿过县城东北部，越过碧绿的田野，十多分钟，就来到了熊峰山中心景区。熊峰山海拔一千余米，到山顶有一条蜿蜒曲折的山路，因为谭老师年届七旬，所以小曹坚持要开车上山。到了山顶，风景果然奇妙，主峰四周云雾缭绕，奇峰怪石，各领风骚；其他的山峦，叠翠露俏，各种小鸟的鸣唱，伴随着风声，还有阳光的照射，让人心旷神怡。山顶上有一塔名为"三柱塔"，据说已有四百年历史，是明朝万历年间安仁名士欧阳熊倡众所建，后来其后裔欧阳厚均又捐资再修，可惜抗日战争时期被日寇飞机炸毁，几经磨难，现在正在修缮。熊峰山之名也是为纪念欧阳熊而来的。山上还有个寺庙叫熊峰庵，里面住着一位女住持，她给我们讲述了一些熊峰山的故事。我问过几位乡贤，熊峰山之名缘何得来，他们没注意到欧阳熊修塔这个历史细节。于是，有人说，熊峰山主峰远观颇似一头巨熊，高大厚实，很有威严；有人说，很久以前，熊峰山一带，原始森林密布，生态非常好，熊虎出没，因此有熊峰之称。这

两种说法虽然有些牵强，但听后也觉得都有道理。特别是后一种说法，也符合我小时候的记忆。不过，在我出生的小村附近，就有一个老虎山，外婆的父亲就是一个猎人，外婆说她们小时候，老虎常常可见，还有豺狼、野猪等野兽，也常骚扰村民。谭涛峰老师告诉我，他来过熊峰山多次，每次都能看到不同的风景，会有不同的感受。熊峰山从气势来看，当然不如黄山、华山等高山，但从森林覆盖率和山水交融的美感来看，它堪称一绝。而且熊峰山景区还有神农采药的足迹、千年古驿道、古刹、抗日战争战壕遗址、人造梯田等人文景观，因此细细观览，不但大自然的风物让人流连忘返，那种典型的湘南文化也令人叹为观止。

　　回到宾馆，谭涛峰老师叫来了安仁县林业局局长，也是熊峰山国家森林公园的园长李小林。他长得清秀，并给人一种实在的感觉。他拿着一叠资料，向我们详细介绍了熊峰山森林公园。熊峰山森林公园由熊峰山景区、猴昙仙景区、九龙庵景区和龙脊山景区组成，总面积达 6161 公顷。森林公园植被类型丰富，亚热带常绿阔叶植物在这里几乎都可以见到。据调查，公园里生物多样性特征为湘南地区的典型，共有维管束植物 1205 种，隶属 169 科、552 属。脊椎动物共有 4 纲、29 目、70 科、157 种。国家一级保护植物南方红豆杉，国家二级保护植物凹叶厚朴、樟树、鹅掌楸、金荞麦、喜树等随处可见。

还有白鹇、赤腹鹰、红隼、东方角鸮、斑头鸺鹠、穿山甲、虎纹蛙等国家二级保护动物，也有各种药材、山珍。可以说，这里山山是宝，沟沟有景，走一步都有发现，停下来都可以看到奇观。李局长如数家珍般的介绍，让我心中油然而生一种自豪感和喜悦之情。李局长还告诉我们，他们申报国家森林公园时，全国有 28 家，但通过评审的 13 家中，熊峰山国家森林公园是 5 家全票通过中的一家。在县里举办的宴会中，我也听到县委袁志祥书记和李小军县长说过，熊峰山国家森林公园的申报材料一递上，就获得了众多专家的肯定。在具体考察时，国家林业局和旅游局的官员也赞叹不已。因此申报工作的顺利是超乎想象的，这也可见国家森林公园的申报工作是非常公正的。安仁是小县，人口只有 50 万，而且地域面积也不太大，目前经济正处于发展阶段，因此，熊峰山国家森林公园的开园，既为全国人民、乃至世界游客提供了一个休闲度假的好去处，也提高了安仁人民的生活质量，让安仁人不出县境，就能享受到国家级风景区的美妙，因此，我以为它的开园已经不是 GDP 的问题了，而是造福子孙后代的千秋幸事！从这一点来看，我也衷心感谢安仁县委县政府，他们有长远的目光，敢于为老百姓谋福利，为安仁人民营造绿色生态。这是安仁之幸啊！

这些年，我应邀到各地讲学，游览过全国各地风景，也到过欧洲、南美诸国，但能与家乡的熊峰山媲美的景观不多。特别一些极为著名的风景名胜，已经被过度产业化，盖了很多房子，还造了很多假庙假碑，让人一看，就是虚假的。还有很多地方的山水风景名气不大，却因为过度开发，而变得不太自然了，原来自然的地理风貌被破坏了，看后感觉不到回归大自然的清爽。但家乡的熊峰山还是一派天然，犹如清水芙蓉，有着天然的秀丽姿态，无疑令人欣喜。可惜，因为时间关系，这次没有时间好好去全面观赏，相信经过安仁人民的保护，熊峰山国家森林公园会绽放出更加迷人的光彩。

　　我爱家乡，爱家乡的山水人文，更钟情于熊峰山国家森林公园超凡脱俗的天生丽质！

家乡的文脉

　　家乡安仁地处湘东南，因为在五岭的北侧和罗霄山脉的西部，多山地和丘陵，境内河流交错，还有很多秀丽的风景。我走过很多地方，欣赏过很多奇妙的风景，发现家乡的山水其实很美。

　　小时候，我喜欢绘画，曾用水彩描画过老家门前的田野和山峦。那时候，我一方面想当科学家，将来有能力改变家乡落后的面貌；另一方面我也想当一名画家，用手中的笔来描绘家乡的山山水水。后来，无意之中，由大学英语教学这一职业转换成了一位大学中文系的教授，从事文学创作和研究，懂得如何用文字来表达自己的情感和思想，就很想写几篇关于家乡的文章。

　　但这些年来，我写过一些有关童年的文字，但很少为家乡认真地写过像样的文章。一是因为我自己觉得家乡可以写的东西太多了，以我笨拙的笔，是很难描绘好的。二是因为我对家乡的情感太浓烈，太执着了，所以每每下笔，总有千言万语在心头，反而写不好或一时难以倾诉出来。当然，还有一个重要

的原因，那就是家乡有一批很好的作家，有一些令我尊重的文学界的长辈。他们的文字都很好，而且文学创作是走在我的前面的，我是不敢随便在他们面前写他们也都很熟悉的家乡的。如刘鸿，在湖南财经学院任教多年，出版过长篇小说《风流大学生》，并被拍成电影电视剧，风靡一时，现在他一边从事房地产投资，一边还在写作，是安仁县第一个加入中国作家协会的作家。如罗范懿，他是一位乡村电影放映员出身的安仁本土作家，不但出版了乡土小说集《冬种春收》，还出版了关于马克思、恩格斯、列宁的系列传记著作，组织过安仁作家重走长征路，在国内有一定的影响。现担任县委办副主任兼县史志办主任的欧阳启明，早就在《湖南文学》发表过《七弯八拐的永乐河》，出版过小说集《河姑》，也是文学湘军的一员，可惜近年来忙于史志工作，加上其他公务缠身，写得不多了，但他对安仁文学事业的影响和贡献是有目共睹的。谢宗玉，和我都在安仁二中（现在的安仁三中）读过书，他考入湘潭大学中文系后，很快就在文学创作领域起步，出版了《天下无贼》和《天城上的婴儿》等多部小说、散文集，属于"文学新湘军"的代表性作家，曾被列为"湘军五少将"，他也是中国作家协会会员，上过鲁迅文学院的作家班。李琼林的散文很有学者气质，豁达从容，蕴藉很深，在《散文选刊》和《海外文摘》都发表过作品，还多次获奖，他现在是安仁文艺的领头人。我的小弟谭旭日长期得到欧阳启明和罗范懿等老师的鼓励，这些年发表了不少诗歌、散文和小说作品，出了书，还加入了湖南省作家协会，去年和今年他又出版了两部散文集。安仁还出了一位青年作家唐诗，他现在深圳工作，既写小说，又写诗，已经在文学界崭露头角了。另一位青年作家谭万和出版了长篇小说《内伤》，自传性和现实性强，把底层人的艰苦创业史写得很悲壮，值得肯定。我曾经收到过曾担任安仁文化局副局长的邝慧兰老师的散文集，还收到过在教师进修学校任校长的吴清分老师的诗词集，也几次和李琼林、谭湘豫、张扬贱、王诗语、段邦琼、樊冬柏、周雪梅、罗外归和彭志凌等人相聚，每一次交流，我都感觉到他们内心有一种纯朴的品质和对文学的痴迷，我很喜欢这些家乡的老师和朋友，他们是家乡的文胆啊！他们用手中

的笔为家乡写出了很多质朴的文字。

安仁还有几位文胆也值得一提。如李绿森，他从上个世纪50年代就写农村题材的小说，出了书，也参加了全国青年创作积极分子大会，这是很不简单的。在文化随笔和新闻报道方面，安仁出了谭涛峰这样的著名记者，他长期担任《湖南日报》驻郴州记者站站长，出版了好几本新闻作品集，为安仁写了大量的新闻报道。近几年，他退休了，但还坚持不懈地写作，关注家乡的建设，写了不少介绍安仁山水人物的随笔。小时候，我是很敬重崇拜他的，上大学时，我给校报写新闻稿，也写过新闻评论，很大程度上是因为受到他的影响。那时候很希望自己也能像谭涛峰老师那样，用手中的笔来为家乡服务。现在担任安仁县委宣传部副部长的何书典，他和我同村，也是一位写新闻的好手，近两年在《郴州日报》《湖南日报》发表了大量的新闻报道，为安仁的宣传工作做出很大的贡献。

安仁有这些会写作的老师和朋友，我觉得是因为安仁的山水里，有一股文脉。永乐河的水，有五岭山脊里隐藏的灵气；熊峰山里，有历代安仁文化人留下的足迹。安仁人杰地灵，古代文化人物欧阳厚均是近代湖湘文化的开启者；开国将军唐天际戎马一生，功勋卓著，为共产主义理想呕心沥血，奋斗终生；雕塑家周轻鼎、周国桢在动物雕塑领域、陶瓷艺术界取得了引人注目的成就。还有奥运冠军李小鹏，歌唱家刘一祯，学者李

乌石塘的孩子

细珠、张伟然，作家刘鸿、谢宗玉……这难道不是一方水土养一方人吗？用文化地理学的角度来考察的话，安仁之所以能够涌现出那么多杰出的人物，都是因为有文脉，有化育心灵的土壤。没有这种独特的地理物候，就不会有安仁那一茬茬了不起的作品！

我的书架，我的书房

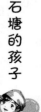

我在朴塘小学上学时，特别爱读书。家里房子也大，父母勤劳肯干，家里盖了两栋房子，总共有七八间，姐姐加我们兄弟三人，每个人都有一个大房间，家里还有一些家用电器，一些家具，在农村我家算经济条件比较好的。记得联产承包责任制施行后，家里很快就富裕起来，还开了一家小商店，收入在农村里算高的。但那时候，我最羡慕县城里有书的人家，希望家里有一个大书架，上面摆满我爱读的书。

记得上中学时，我开始大量读《茶花女》《红与黑》《基督山伯爵》和《普希金诗选》等世界名著，父母给的零花钱几乎都用来买世界名著和当时比较有名的作家的书籍。我曾多次要求父亲给我做一个书架，因为他会木工活，在"五七大学"教书时，还带过学生做木工、做砖瓦匠、建校舍，所以打一个书架对他来说是件很容易的事。但不知道怎么回事，父亲从来没有听取我的建议，没满足我这个小小的要求。一直到我考上大学、寒暑假回家时，我还多次跟父亲建议过，但他给家里添了新床、新衣柜、新桌椅板凳、新沙发，却依然没有打过一个书架。我对父亲的固执有些失望，但也没有办法。那时候，我多么希望家里有一个房间，三面摆着书架，上面都是我们收藏的好书。

　　大学毕业后，我被分配到大学教书，生活环境变了，学习和文化环境也变了，我在经济上也完全独立了，读书也更为自由了。看到什么好书，想读什么，想怎么读，这些都完全取决于自己。每个月有了工资，虽然不多，但也完全可以满足基本的物质和精神的需要。记得工作的第一年，我买的第一件家具就是一个有五个横格的大书架。当时我一个人住一间单身宿舍，我把新书架摆在屋子的中间，把房间隔成了两半。进门处摆一张小餐桌和两把椅子，算是生活区。里面摆着床、书桌，书架紧挨着床，这样看书也方便，相当于有了一个卧室兼书房。我刚工作那几年，过的完全是单身生活，连谈恋爱都没想过，全身心沉浸在书的世界里——各种世界文艺理论著作、各种新鲜的文学作品、各类文学期刊，我都感兴趣。大学里图书馆也有相当多的藏书，我一边读，一边开始写作。大学时代热衷的诗歌，我继续写着，同时还开始学习写评论，写童话，写小寓言、儿歌和散文。我一边写，一边在书店、图书馆和报亭里留意各类报纸和刊物，看看自己的作品是否适合它们。不久，我大胆投稿，一篇篇作品就在各地报刊发表了。刚工作时，每月工资只有几百元，但收发室常收到我的稿费单，20元、30元、50元、

100 元……虽然数目不等，但合计起来，每个月比工资还多！收发室的人员很羡慕我，对我热情起来，夸我真了不起。学校里也有不少人知道我能写文章，而且还发表了不少，城市里的报社记者知道后，来采访我，于是，没多久，我就成了城市里的小名人，当地的作家、诗人也邀请我参加活动。我对文学的兴趣也越来越浓，写作的激情也越来越高。

后来，我恋爱结婚了，学校在单身公寓给我分了大一些的房子，读书条件好了，而且两人的世界，经济压力小，时间充裕一些，所以我读书更多了。结婚时，自然要买些像样的家具，说实在的，我买的书架是家具里质量最好的，其他的都是复合板材，但书架选的却是松木的，现在想想，那时候真够奢侈的！

又过了两年，我和爱人考上了研究生，要离开那座城市，家里的电器、家具我毫不犹豫地廉价卖了。但三四千册书怎么办？我迟疑不决，甚至有些不知所措。因为这些书都是我多年积累起来的，甚至省吃俭用买来的，哪里舍得廉价卖掉，送人也是万万舍不得的。还有那个大书架，我怎么舍得抛弃呢？但我们两个人都要离开，她去苏州大学读研，我去北师大读研，不可能带着书架走啊。最后，我决定把它送给最要好的朋友。而书呢，我到小商品市场买了十多个行李袋，用它们把书一本本装好，和简单的行李一道，通过铁路快运带到了北京。读研究生时，我住的是集体宿舍，宿舍面积有限，我所带的十五大袋书能放哪里呢？于是，我就把它们重新装进纸箱里，塞到床底下，或者摆到书桌下面和靠着我床位的窗边。

读研究生时，只要不用外出或者没课，我几乎都要泡在系里的资料室或者学校的图书馆。偶尔在宿舍里读读书，写点短文。但那时候基本不敢买书，因为根本没地方放，好在学校图书馆和系资料室里的新书有很多，书店刚到货的新书，几乎都可以读到。

博士毕业后，我依然在大学里教书。学校给的条件不错，分给我一套小两室一厅，一家三口有地方住了，还可以腾出一间房做书房。于是，我又买了三个原木的大书柜，摆满了一堵墙，几千册书又有了安静而干净的归宿。隔了两年，我们积攒了一些钱，正好大学后面开了新楼盘，我们买了一套100多平方米的商品房。一年后，新房钥匙拿到手了，经过一番精心的装修，我有了一个真正像模像样的家，也有了一个真正的大书房！

家里其他的电器和家具的采购，我和妻子几乎没有分歧，但在购买书架和如何摆设书房上，却有了不同的看法。好在我们俩都是读书人、爱书人，妥协起来也很容易，因为我们都希望把书房布置好，把书安顿好。当然，原来在学校过渡房里就购置好的原木书架是舍不得丢掉的，可是，那几个书架显然不够用。于是，我们去家具商店逛了又逛，挑了又挑，最后，在一个中高档的家具城里选中了一套美国橡木组合书架，它包括

一个写字台和一把很漂亮的椅子，虽然价钱要好几万，但我们毫不迟疑地买了下来。果然，这套组合书架既美观又大方，摆在大书房里，显得雅致，增添了书香气韵。它和原来的原木老书架分成两个区，新书架上放精美的套书，老书架上放常用常读的工具书和理论书，底下还收藏一些必须要用的老杂志和其他资料。一些师友送的小石头、花瓶和陶罐，也都有了安身之处。

在新书房里读书、写作，感觉是大不一样的，总觉得心特别安静，对外事外物看得也淡了，但对书似乎更加痴迷，更有感情。也许是因为自己所爱的书有了安身之处，也许是因为自己读书的心也得到了诸多的慰藉，得到了丰厚的回报吧。

无论如何，我终于拥有了自己的书房，有了小时候梦想过的书架。而且随着自己读书写作的增多，出版的书也多了，自己也变成了别人眼里所谓的"大名家"，似乎读书也有了精神的回报和经济的收获。这种惬意舒坦的感觉，是难以用言语描述的。

做一个爱诗的孩子

　　"聪明的孩子爱诗，爱诗的孩子聪明。"记得上海诗人黄亦波最喜欢说这句话，的确，童年需要玩具和故事，童年也需要诗歌，尤其是需要儿歌和童诗。得到优美清新的童诗润泽的童年是快乐而幸福的。

　　我翻译过一套美国幼儿和小学生的课外文学阅读书，我发现美国的教师和家长特别爱给孩子读童诗。在他们的小学阅读课本里，童诗占了很大的比例，一、二年级的课本基本都是童诗，就算是小故事，也是用诗的形式写出来的。这些年，我也给夏令营的小朋友们做过几十场文学写作和阅读讲座，发现小朋友们也特别喜爱写童诗和阅读童诗。为什么会这样呢？这与童诗的语言特点有很大关系。三年前，在首都师范大学召开的一次关于青少年阅读的国际学术会议上，我和美国纽约大学的一位阅读研究专家聊到小学生文学阅读的问题，她告诉我，读童诗对孩子非常重要，在低年龄阶段，童诗是培养语言敏感性和进行文学启蒙的最好材料，所以她写了很多文章呼吁让小学生多读童诗。

事实上，儿歌和童诗在儿童早期教育中的确发挥了不可忽视的作用。你想想，当你还在摇篮里的时候，你的妈妈和奶奶就给你哼唱过儿歌，那是多么美好的乐音，是世界上最真诚、最动人、最无私的语言，没有这样的儿歌，幼小的你怎么会体会到妈妈的爱！当你稍微长大一点，开始学会自主阅读的时候，童诗也应该是你的选择。童诗有什么优点呢？第一，我觉得它是最精练的语言艺术，语言简练，音韵优美，讲究节奏的美，它最能让我们对语言亲近，有好感；第二，童诗适合朗诵，适合表演，它实际上是一种纸上游戏，能让你开心快乐；第三，读童诗需要你思考，能激发你的想象力，使你变得越来越智慧和灵活。另外，童年本来就像一首诗，所以爱诗是童年的本能，诗是儿童的基本需求。一个爱诗的孩子，一定是童心十足的孩子，一定是爱动脑筋、爱幻想、爱思索、爱创造的孩子。

现在小学语文教材里有很多童诗，专家们为什么要在语文教材里选那么多的童诗呢？就是因为童诗最有可能培养我们的母语意识和对语言世界的探索精神。可以说，没有童诗的语文教材是可笑的，也是非常荒唐的。没有童诗的童年，生活也不可能灵动和美妙。

小学时，我就爱读诗歌。从《儿童文学》、江苏《少年文艺》和《小溪流》等杂志上，我读过圣野、金波、樊发稼、李少白、张继楼、高洪波、王宜振等前辈诗人的童诗，至今难以

忘记读他们诗作时的喜悦与兴奋；中学时，阅读视野宽了，我逐渐接触到许多外国诗歌，也渐渐爱上了中国新诗。随着阅读量的增大，艺术感悟能力的增强，我也开始写诗。但真正创作童诗，是从1995年才开始的，那一年我在湖南《小溪流》发表了一组童诗，直到现在，还在为孩子创作诗歌、童话和散文等。其间，我获得过冰心儿童文学奖，也有两部诗集获得冰心图书奖。更令我惊喜的是，1997年，我获得了江苏《少年文艺》优秀作品奖；1999年，我获得北京《儿童文学》优秀作品奖；2003年，我获得《少年月刊》优秀作品奖，且《新华文摘》还转载了我的童诗，那是迄今该刊唯一一次对儿童文学作品的转载；2005年，我获得山西《小学生拼音报》的优秀作品奖和陕西《少年月刊》的优秀作品奖；2006年，我被《儿童文学》杂志和新浪网读者联合投票评为"最受读者欢迎的十大作家"；2007年，我获得《儿童文学》杂志读者评选的"全国十大魅力诗人"，还以儿童诗诗人的身份代表中国作家出席波兰华沙国际诗歌节，受到波兰人民的热烈欢迎；2008年，我的儿童诗集《夏天的水果梦》在广州动漫节上获得优秀绘本图书称号；2008年和2009年，我的儿童诗多次被《人民日报》《光明日报》刊登……到2010年，我累计发表儿童诗达八百多首，在二十多家少儿报刊开设过童诗专栏。

　　承蒙山东省作家协会副主席、著名儿童文学作家、出版人刘海栖老师的关心，以及明天出版社副社长李文波兄的扶持和文学编辑室主任孟凡明兄的厚爱，从已经发表过的童诗中挑选了六十余首编成了诗集《你带着一朵花儿来了》。非常感谢江苏《少年文艺》、上海《少年文艺》《儿童文学》《中国少年报》《少年月刊》《小学生导刊》《小学生之友》《儿童大世界》《小学生

拼音报》《小葵花》《中国儿童文学》《小学生阅读报》《读与写》《人民日报》和《光明日报》等国内四十多家报刊的编辑老师，他们的慧眼和爱心让我的作品得到很多小读者的喜爱。需要说明的是，它们中有的入选年度作家儿童文学选本，有的收进了小学生课外阅读教材，还有的被翻译成波兰语、英语、德语和韩语等，在海外发表。

我将继续为童诗而努力，也希望有更多的人关注童诗，参与童诗创作！

愿每一位孩子享受童诗的营养，让童诗伴随你度过童年的时光！

难忘那几家儿童报刊

在儿童文学创作的道路上，我不算新兵，也不算老资格。和同龄的一些儿童文学作家相比，我出道是比较晚的。很多儿童文学作家，十几岁就发表作品，有的二十多岁就有了名气。

我是年过二十才第一次发表儿童文学作品，那是 1995 年，长沙的《小溪流》杂志第 10 期刊登了我的三首儿童诗。但那一次纯属偶然，因为这几首诗本来不是专门为孩子写的，只是有一次在图书馆看到了《小溪流》，觉得这三首诗可能适合它，就寄了过去，没想到真的发表了。

其实，对我当初的幼儿文学写作影响较大的要算是南京的《早期教育》和江苏《少年文艺》两份杂志。大概是 1996 年，我在马鞍山工作，在大学里教英语，有一次在报亭发现了几份幼儿杂志，便翻阅了一下，发现其中的《早期教育》里还有幼儿文学专栏。于是，我买了一份，回到单身宿舍认真阅读，觉得里面的幼儿童话和幼儿诗写得很好，短小有趣，想象力丰富，适合幼儿接受。栏目的责任编辑叫姚国麟。我就写了十多首幼儿诗，寄给了他，没多久，竟然收到了样刊，姚老师用了整整一页刊登了我六首幼儿诗。这对我是莫大的鼓舞！于是，我很快又写出了一些幼儿诗、儿歌和幼儿童话，不但继续寄给姚老师，还给《幼儿教育》《看图说话》和《儿童故事画报》等杂志投稿，没想到这些报刊也陆续发表了我的作品。而姚老师呢，又几次用整页刊登我的幼儿诗，他还写信给我，鼓励我。1997年，马鞍山市政府评文艺奖，我申报了一组《早期教育》的幼儿诗，不但获了奖，还得了三千元奖金，这在当时可是一笔数额不小的奖金。可以说，姚国麟老师是我幼儿文学创作的伯乐，最近，我写的儿歌《小兔爱吹牛》获得了中宣部等多家单位联合主办的第四届全国优秀童谣评选三等奖，其中也有姚老师一份功劳啊。

在给《早期教育》等幼儿刊物投稿时，我也开始给江苏《少年文艺》杂志投稿。那时候，马鞍山的报亭上，几乎每到中旬，就可以看到《儿童文学》杂志和江苏《少年文艺》及上海《少年文艺》，我买了几期，研究了它们的风格和里面刊登的作品，觉得自己似乎也能写，于是尝试着写一些适合儿童的诗。拿出来给一些诗友一读，他们也认为不错，我心想：原来我也适合写童诗。我在书店买到了几本儿童诗选集，读了一些名家的童诗，觉得也不怎么样，胆子就更大了，写作的热情也更高了。我把写好的童诗分别寄给两家《少年文艺》和《儿童文学》，没想到都采用了。《儿童文学》杂志采用了我三首短诗，当时的责任编辑是罗英，从来信的笔迹看，我还以为他是位女编辑呢。江苏《少年文艺》的编辑也来信了，说要留用我的一首长诗《十六岁的歌》，从笔迹看，编辑一定是女的，但因为没有署名，我不知道是谁。没过两月，我收到了江苏《少年文艺》的样刊，我的长诗占了整整一页，十六开的杂志，一页对我来说，就是很隆重的了。这时候，我知道了责编叫章红，是一位美丽多才的女编辑。而且过了半年，我得知，《十六岁的歌》被评为年度优秀作品，章红老师写信让我寄照片。于是，1997年的江苏《少年文艺》封二上，出现了我的照片。这是国内少儿报刊第一次刊登我的照片。当时我激动的心情难以言表，这次获奖也算是我专心儿童文学创作的一个开端，对我来说意义非比寻常。上海《少年文艺》当时的诗歌编辑许丽勇也热情来信，给予了我肯定，同时也留用了我的诗作。于是，1996年

至 2000 年那几年，我几乎年年在这三家国内最权威、也最有影响的儿童文学期刊上发表诗作，并很快引起了儿童文学界一些诗人的关注。《儿童文学》和江苏《少年文艺》还刊登过我翻译的美国童话和童诗。《中国少年报》总编金本老师在天津大港油田和河南太行山组织了两次全国儿童诗诗人聚会，都邀请了我，因为不能耽误给学生上课，都没成行。不久，陕西《少年月刊》主编王宜振老师打电话向我约稿，于是，从 2000 年起，我开始在《少年月刊》发表多组童诗，还两次获得该刊的年度优秀作品奖，《少年月刊》也好几次专题介绍我和我的作品，还配上评论、照片，为我赢得了很多读者。2003 年《新华文摘》还转载了我发表在《少年月刊》的诗《在孩子与世界之间》，记得那一期《新华文摘》杂志转载了我的诗和著名散文家梁衡的散文，不过我的诗在原创文学栏目的头条，这也是迄今为止，《新华文摘》唯一对儿童文学作品的转载，算是破了一次纪录。

随着在《儿童文学》《少年月刊》和两家《少年文艺》上发表诗作的增多，越来越多的儿童文学界人士开始关注我，其他一些少儿报刊也开始向我约稿，于是，我很快就进入了儿童文学圈，并且在罗英的帮助下很快出版了自己的第一本儿童诗集《母亲与孩子的歌》。2001 年来到北京后，我和《儿童文学》杂志的联系相对多了，它举办的所有重要活动，我几乎都参加过，在《儿童文学》创刊四十周年大会上，我代表年轻作家做

了重点发言。我还担任《儿童文学》杂志社举办的小作家班的授课老师，参与它的进校园活动，还多次参加一些作品评选活动。江苏《少年文艺》和我的联系也一直没有断过，章文焙老师和沈飚老师担任主编时，发表了我很多诗作，我在明天出版社出版的诗集《你带着一朵花儿来了》中的不少作品，都是在《儿童文学》和两家《少年文艺》杂志上发表的。

　　我的儿童文学创作和研究之路是从儿童诗起步的，如果不是遇到了这些少儿报刊和好编辑，我想我不会有今天这样的成绩。我一直感念姚国麟、罗英、许丽勇、章红、章文焙、金本、王宜振和沈飚等老师，是他们的热情关注和扶持，让我爱上了童诗，也爱上了儿童文学。

乌石塘的孩子

无论走到哪里，我都是乌石塘的孩子。

乌石塘是朴塘村的一个村民小组，是一个小村，是我出生的地方。我在多篇散文里提到它，还简短地描述过它。

乌石塘也是一口水塘的名字。我家的小村有三口水塘，一口叫乌石塘，一口叫石塘，一口叫豪塘。乌石塘的石，老家的方言发音为"shā"，而蛇也发音为"shā"，很有意思。老家的方言非常奇特，一个乡和一个乡都有差异，甚至有的地方，一个大村与另一大村，口音都不太一样。我家离乌石塘很近，它就在老屋的前方，周围是水稻田。石塘也不太远，外婆和我家的大菜园子就在石塘的边上。豪塘远一些，但那里水比较好，水草少，是孩子们最爱去洗澡的地方。

我家和大伯家盖的大房子离乌石塘更近，沿着门前的小路，拐过一个菜园子，就到了乌石塘。小时候，乌石塘的水很清澈，很干净，一大早起来，人们都提着木桶去水塘洗菜。后来，村里的水井砌好了，并砌了专门用来洗菜的池子，村里人就都去那里挑水、洗菜，乌石塘里的水就很少有人家用了，只是偶尔

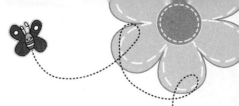

有人去洗洗衣服。

　　乌石塘这个小村只有二十来户人家，现在我还数得出来。其中，我父亲兄弟五个，就是五个家庭，占了四分之一。我的外公外婆也在这个村里。村里家家都有一定的近亲或远亲的关系，我爷爷这一家是一支，外公那一家是一支，他们好像几代之前，还是亲戚。小时候我们住的老屋都是明清时期的建筑，青砖黑瓦，三进三出，带有两个天井。都是族人聚居，因此，都姓谭，但爷爷这一支与外公那一支的字辈排法不太一样。

　　乌石塘的孩子，到了我这一代很多，几乎家家都有三四个，有的甚至五六个。我父母这一代，人口不平衡，父亲家里有五兄弟，母亲家里有八姐妹，但其他家庭人丁就少。听我母亲说，过去医疗条件差，自然灾害多，有些家庭赤贫，生了孩子养不活。到了我们这一代，农村里有"赤脚医生"了，有我母亲这样专门接生的妇产科医生，还不实行计划生育，因此，活下来的孩子就多了。大村里有上千户人，好像有三个"赤脚医生"，母亲和另外一个阿姨都会接生，但找我母亲接生的多，因为母亲从没出现过难产问题和死婴事故，即使是横胎，母亲都能想办法帮助产妇顺利地把孩子生下来。但母亲说，我和姐姐、弟弟出生，是我外婆帮助接生的。母亲接生是受过培训的，她是"赤脚医生"，后来这些"赤脚医生"有的被录用到公立医院，有的又做了农民。1978年，三十多岁的母亲就不算"赤脚医生"了。但母亲一直给村里的产妇接生，直到快六十岁了，在我们的劝说下，才放弃。有好几次，半夜了，人家来敲门，叫我母亲去接生，我和弟弟对她说："你别去了，让人家送医院吧。"但听到屋外人家的哀求，母亲又心软了。她知道，农村里的产妇不像城里的产妇那样会定时孕检，也不懂什么知识，经常很突然就要生，医院都在几十里外，又没有小车，靠担架抬着去，可能半路上孩子就出来了，弄不好要出人命。接生很辛苦，农村的产妇因为劳动过多，很多胎儿胎位不正，每接一次生，都要花很长时间，因此母亲经常熬夜，这对身体是一种摧残。方圆十里的村里，母亲接生的孩子有一千多，但她从没收过钱，只是偶尔收一些家庭送来的几个鸡蛋。母亲四十多岁就患病，身体很虚弱，与她做这项工作有很大关系，她只泻了 66 岁。如果母亲不过分操劳，不做"赤脚医生"，她肯定现在还活着。

有近四十年，乌石塘的孩子都是她接生的。村里从比我大十多岁的堂兄们开始，到今天二十多岁的年轻人，都是母亲接生的。母亲在世时，在村里口碑很好，人缘也好，无论老少都比较尊敬她。母亲是乌石塘的孩子的恩人，我为母亲感到骄傲。

乌石塘的孩子似乎比其他村里的孩子更活泼一些。乌石塘的孩子爱玩，女孩子玩丢石子、跳绳、踢毽子、跳格格、挑绳、丢手绢；男孩子爱玩滚铁环、打弹弓、掀纸片、打仗、洗澡、摸鱼、捉小鸟。乌石塘的孩子还经常晚上在一起玩抓人的游戏，玩猫捉老鼠的游戏，玩老鹰捉小鸡的游戏，还一起唱儿歌，一起听老人讲古，讲鬼故事。乌石塘的孩子很幸运，小村里有一个大坪，老房子前也有大空地，而且还有两棵大枫树，背靠大山，这些都是做集体游戏的好地方。我写过一本儿童诗集《跳格格的日子》由新世纪出版社出版，受到读者的喜爱，后来在我国台湾地区出版的繁体字版本也脱销了，这本诗集就是用诗的方式讲述了我童年的生活、童年的游戏，诗里有乌石塘孩子的影子。

乌石塘的孩子是用游戏和故事喂养大的。我的记忆里，乌石塘的孩子能够玩出乡村孩子所有的游戏，我还记得儿时听过的很多故事，有三国故事、三侠五义、薛仁贵征东、穆桂英挂帅，还有孙悟空大闹天宫……不知怎么回事，豁嘴的老人没读过书，却能讲出这么多的故事。

乌石塘的孩子都会干农活，都会干家务，都很勤劳，能吃苦。无论春夏秋冬，乌石塘的孩子一大早起来，都会去山上砍柴，去田野里打猪草、采野菜，去拾猪粪、牛粪，去自留地里给果蔬施肥、浇水，到厨房里做饭，还喂猪、放牛。乌石塘的孩子还会耕田种地，夏天热了，乌石塘的孩子光着膀子干活；春天有雨，乌石塘的孩子戴着斗笠做事。六岁时，我就会烧饭做菜，就开始干各种农活，因此，对乌石塘的每一片土地、每一条田埂、每一棵树、每一块石头，都很熟悉，都怀有感情。

乌石塘的孩子很有出息，似乎比别的村里的孩子更聪明。我是大村里方圆十里第一个大学生，走出了小村，进了大都市。一个堂兄成了村里第一个大专生，还有堂兄、堂姐等考上了中专，成了干部，做了教师，吃了国家粮。乌石塘的孩子崇拜知识，他们即使没考上学校，做人也正，不偷不抢，勤劳致富，本分做人。

独生子女政策让年轻的爸爸妈妈只能生一个孩子，但乌石塘人丁依然比较兴旺，大弟生了两个儿子，小弟也生了一个儿子、一个女儿。比我大两岁的堂兄和比我小七天的堂弟都做了爷爷。比我小一辈、小两辈的孩子越来越多了，他们是现在的乌石塘的孩子，我们成了乌石塘的孩子们的长辈了。即使我回去被称为爷爷、伯伯或叔叔，我还是乌石塘的孩子。

乌石塘是生我养我的小村，我的爷爷、外公、外婆和我的母亲就埋在老屋后面的山坡上。老屋也在，我种的果树也在，那里还是我熟悉的地方。乌石塘的孩子不会忘记，不会忘记门前的水稻田，不会忘记屋后的山峦，不会忘记父老乡亲的身影，不会忘记那里的亲人。

我是乌石塘的孩子。

后 记

献 给

从大学二年级时发表第一篇散文，至今快三十年了。

我已经出版了多部散文集，从数量上看，也算是散文家了。但自己感觉有些惭愧，还没有写出读者很满意的作品。但如果想了解我，读者一定要读我的散文。

这本集子收录的都是我写家乡、写童年、写亲人的作品。它们都在报刊发表过，有的还编进过选本，也被一些中小学语文试卷采用。

在我的写作道路上，遇到了很多师友，他们热心帮助我，给予我关注，给予我支持。这里，我要特别感谢为我出版散文集的编辑，他们默默无闻地扶持作者，为他人做嫁衣。

我在鲁迅文学院参加文学评论家高级研讨班时，结识了葛红兵学兄，他是上海大学创作写作学科的创始人，也是著名的作家和评论家，他在微博里说："最伟大的作品，要么是故乡写作，要么是童年写作。"我很赞同这种说法。这大概是对文学写作最简练、最到位的一种归纳。莫言就说过自己的小说是"故乡写作"。在我的文字里，也总有故乡和童年的影子。

故乡不只是简单的出生地，也不是简单的地理概念，它是一种特殊的文化思维、艺术属性和价值观。

《乌石塘的孩子》就是一种故乡写作。我出生于乌石塘这

个小村子。那里虽然比较落后，比较封闭，但有我最好的生命经验。这本集子里的散文都不是特意为儿童读者写的，虽然一大半曾发表在儿童报刊上，但我觉得真正的儿童文学就是这样的，作家的心灵世界里单纯、美好、干净的品质都会自然流露。那些设定了主题、再来挖掘题材的写法，其实是功利又可怕的。优秀的作家不会为主题和题材所束缚、所困扰，真正的创作是充分释放了主体意识，并舒展了主体情怀的。

我的散文，追求一种朴素、自然、干净和温和之美。我想，与儿童世界对话，就需要这样的品性。没有对童年、童心的爱与留恋，没有对儿童的敬畏，没有对生活、自然和故乡的怀想，是很难写出好的儿童散文的。

把这本散文集献给我出生的乌石塘小村吧，也把它献给

我逝去的外公、外婆和母亲，献给我的父亲和我的姐姐、弟弟以及所有关心过我的亲友。

感谢《学习方法报》小语版主编张旭燕老师对书稿进行了认真校对，黑龙江少年儿童出版社张立新社长和李春琦老师的鼓励与支持，让我铭感。

2016 年盛夏于北京